O TIRO DE UM MILHÃO DE ANOS

O TIRO DE UM MILHÃO DE ANOS

UM ROMANCE DE

Hugo Guimarães

editora PASAVENTO

Editores
Marcelo Nocelli | Rennan Martens

Revisão
Marcelo Nocelli | Natália Souza

Fotos internas do autor
Alícia Peres

Fotos de capa
"Storky Sky Texture", foto por Randen Pederson. https://www.flickr.com/photos/chefranden. Creative Commons 4.0 | http://creativecommons.org/licenses/by/4.0/
"Master Musicians of Bukkake", foto por UT Connewitz Photo Crew. https://www.flickr.com/photos/utconnewitz. Licença Creative Commons 4.0 | http://creativecommons.org/licenses/by-nd/4.0/

Design e editoração eletrônica
Negrito Produção Editorial

Dados Internacionais de Catalogação na Publicação (CIP)
Bibliotecária Juliana Farias Motta (CRB 7-5880)

Guimarães, Hugo
O tiro de um milhão de anos: um romance de / Hugo Guimarães. – São Paulo: Pasavento, 2015.
136 p.; 14 x 21 cm.

ISBN 978-85-68222-10-2

1. Literatura brasileira. 2. Prosa brasileira. I. Título. II. Título: um romance de
G963t CDD B869.3

Índice para catálogo sistemático:
1. Literatura brasileira 2. Prosa brasileira

EDITORA PASAVENTO
www.pasavento.com.br

Sumário

* * *

"Atirar-se de um prédio não é a única forma de um ser humano voar"

Introdução

* * *

(Do autor e/ou dos leitores)

"Em mais de um momento me faltou chão no seu livro. Tanto a forma quanto o movimento da narrativa não esperam muito o leitor ou não se importam. Isso não é ruim, porque a história em si não é complexa, o que nos permite acompanhar as idas e vindas do que está acontecendo com Corvo sem esperar perder algum salto narrativo, etc. lembro Leminsky ou Campos de Carvalho. Há força em algumas tiradas. crueldade o tempo todo... em como ironiza frases de autoajuda, lições de vida, em como tratar os personagens secundários. Gosto muito quando Corvo não morre. gosto como todos tratam as suas tentativas 'femininas' de se matar."

"Não tenho como opinar, o livro é coeso dentro de sua proposta estética. É para poucos leitores e isso não é ruim. Merece um projeto gráfico muito estudado. Corvo é palpável, mas também, acima de tudo, o mundo desesperado que ela vive. Nós vivemos"

C.B.

"É uma narrativa experimental, principalmente na disposição dos parágrafos e nas falas dos personagens. Uma diagramação especial faria o livro ficar mais volumoso e aqui eu me lembro do Marcelino Freire quando ele diz que um livro precisa parar em pé. O texto tem referências que são muito positivas. As mudanças do foco narrativo também agradam pois emprestam dinamismo à narrativa. No trecho do reality show parece haver uma impaciência do narrador, uma pressa de terminar a narrativa. No geral, a história é estranha e envolvente, com muito fôlego e situações inusitadas. Valeu a pena ler."

J.R.

"Nem pude ler teu livro de uma sentada só, como gostaria, daí li quebrado e só terminei agora. Mas ter demorado trouxe um aspecto positivo: desde o dia em que tu me mandou, estou remoendo imagens de Corvo na cabeça. Corvo andando, Corvo engolindo colheradas, Corvo falando, se drogando, remexendo cinzas em movimentos circulares... Imagens ora do desespero, ora da indiferença, me fazendo pensar em uma poética da mais profunda solidão. Vida e morte, às vezes, parecem a mesma coisa; mas morte, na maior parte do tempo, soa como um descanso, o ponto mais sensato a se chegar."

"Quando penso em Corvo, não consigo pensar em gente. Nem em personagem desses que a teoria literária preconiza aí há tempos. Corvo foge. Febril, não se deixa apreender. Corvo é inexplicável. Aliás, Corvo, Volvo, mamãe...: todos eles parecem mais com pulsões e subjetividades que com gente. Corvo não é uma mulher delimitada e específica, mas presumo que sua solidão também tenha a ver com a de todos os seres humanos de nosso planeta. Também o lugar onde tudo acontece me parece ser entre essas cidades de filme trash e o que imagino que seja São Paulo. Teu texto cria um mundo tão próprio, que eu não poderia ambientá-lo em lugar tal ou fazer correlações óbvias entre os personagens e algum estereótipo de gente que eu conheça. Tu já viu Mauvais Sang.? Lembra do momento em que o garoto fala de umas pedradas na barriga? Lendo teu texto, senti umas pedradas na barriga também."

"Ultimamente, tenho visto ser publicado tanto livro bem escrito, bonitinho, mas sem identidade, sabe? Por isso amei tanto esse teu livro: tua escritura vai à contramão desse fluxo e não dá vez ao pequeno-eu do leitor - aquele que quer se identificar nas banalidades cotidianas daquele tipo de texto todo correto, todo limpo, mas nada desafiador."

"Quero reler esse livro com mais tempo pra pensar sobre ele. Estou te escrevendo na hora agônica do fim da leitura, quando a frase final ecoa aqui no quarto, mas já te felicito. Se eu voltar a tentar escrever, um dia, quero escrever mais ou menos assim."

A.J.M.

Prólogo

* * *

Corvo transpira sob uma deteriorada avenida, 'Uma marginal em uma marginal', mas a raia olímpica paralela ainda está limpa.

Ela transpira as bodas de lítio.

Nada é tão assustador quanto o bairro do Alto de Pinheiros, com seus enormes vasos com enormes plantas mortas que isolam as esquinas.

Ela passará o dia comendo cânceres de células de Excel.

Sua empregadora peruana está apenas uma hora mais atrasada do que ela está. Mesmo saindo da cama mais cedo do que poderia, ela abre as janelas das úlceras de todos os empregados.

Essa úlcera-balão questiona Corvo sobre conseguir comer no dia de hoje.

O planeta terra não vai durar mais do que sessenta e cinco anos.
Sua empregadora peruana tem sessenta e cinco anos.

O sol ferve
Mas para de avançar
Avançar em direção da terra para engolir.

Dentro da lâmpada do trem
O sol também ferve, mas esse brilho também está por terminar.

Cada movimento de um segundo de uma perna negra transforma-se em um milhão de anos, mas não há como perceber o quanto.
Ou ver que o tiro que está por disparar.

Os atletas e as pernas não podem se mover e ficam sobre os joelhos até o tiro final.
Não conseguem se mover ao que os sóis e as noites se passam.
E aqui Corvo está, em uma cadeira corporativa que ferve. E Corvo dorme sobre os joelhos.
Todas as noites.

"Como estátuas de carne e osso que nunca conseguem terminar o movimento que começam?".

Ela volta todas as noites.
Até ouvir o tiro final.

Há arames farpados envolvendo seus pés.
Eles apertam quando ela se move.
Até se fechar os olhos e tentar.

Esse é o exato momento em que ela tenta um impulso sob o asfalto.
O sangue preto de seu Aquiles lava o asfalto defasado.
E esse piche irá grudá-la no chão pela eternidade, talvez.
O corvo e a Corvo.

Ela sustenta o maxilar como uma estátua.
E tem um vestido de cone feito de sangue preto a petrificando sob a rua.
E um pássaro preto sempre a consola no ombro.
Assim, seu nome foi escolhido.

Apesar do ar da manhã que ferve os olhos
Ela está cansada ou está morta
Apesar de centenas de dias com bastante consciência, próprios do ser humano, há algo a descobrir.

A manhã tóxica e espessa, não mais exclusividade da China, fez de seus olhos,

Azuis,

Achamos.

Algo ainda mais tóxico fez com que algumas cavidades em seu corpo,

Dessem a ela a classificação de 'Garota'

Ser uma garota parece ser fato extremamente ligado com a toxicidade da manhã.

E parece ser algo mau.

Corvo é uma garota. E garotas saem da cama mais cedo o suficiente para não deixar nenhum fio de cabelo em desacordo ou solto no ar. 'Solto no ar', mais especificamente.

As garotas saem da cama para não mostrar a caixa do tórax sujo para a sociedade.

Elas se banham até, pois precisam parecer lindas logo de manhã.

Por isso, Corvo é feia.

Podre,

Ela acaricia os bonecos de gesso artesanais inspirados em 'Hellraiser', os que prometeu dar um exemplar a cada uma de suas únicas três amigas como presente, mas é tão preguiçosa que jamais os finalizou.

Apenas os pregos e o gesso podre esta disponível para carícia ou para apreciação.

Parece que agora, ela apodreceu tanto quanto e não sente mais inspiração alguma de juntar pregos e gesso podre.

Curioso fato.

Ou algo.

Outro passo no estilo infinito pela rua.

Uma duas três repetições

Tais passos, da porta até a estação de trem, nunca cessam, mas.

Sempre repetem.

Em números de passos até.

Corvo não consegue sentir a terra se movendo enquanto anda.

Como os ratos que sim, conseguem perceber o movimento da roda na tortura.

"Todos os cachorros gritam comigo quando eu ando nas ruas / Porque eu sou o demônio / Eles gritam comigo porque não posso fechar os olhos / E imaginar um balão de gás / Não posso evitar deixar provas no chão como essa trilha de sangue preto que gruda / Todos os dias / Nas repetições (Não chamo de dias, chamo de repetições), Mesmo ao ver uma mulher de quarenta quilos presa embaixo da roda de um caminhão onde sua criança já estava e pedia ajuda, penso que há muito, muito pior ainda por vir / Estou presa no chão".

"Querem que eu seja feminina, pois ser feminina também significa ser forte. Então vou me matar. É a coisa mais feminina a se fazer".

"Além de chorar, claro".

Parte I

* * *

– Olá, Rocio.
– Olá, Corvo.

Rocio sorri para sua bela empregada e Corvo, observa sua eterna tremedeira, a eterna putrefação quando o mundo e o tempo completamente param, enquanto ela tenta raciocinar sobre como as bochechas de Rocio caíram, mesmo com o mundo e o tempo parados.

Elas olham-se, mas.

Só Corvo enxerga,

O espelho entre elas e o quanto ela não consegue compreender bem o fato do consumo do rosto oposto pelos insetos microscópicos. Falta de compreensão essa, devido á morte que é bem menos assustadora, se antecipada.

Onze minutos e cinquenta e nove segundos. Históricos. Histéricos.

Existe algo, sinistro algo, que contém o suicídio. Algo que a banha de sangue, tanto que ela se julga incapaz de livrar se de:

Sua mãe.

Tais minutos e segundos referem-se ao tempo máximo que Corvo conseguiu manter sua mãe em uma conversa telefônica. Apreciando as demais células, os outros cânceres retangulares que mostram a duração de cada ligação recebida da mãe, ela enaltece o recorde. E lamenta o resto.

Corvo nasceu em um recorde de anos atrás e Corvo é um nome sazonal. Um sucesso de época em que todas as mães estavam loucas e dopadas o bastante para pensar que os nomes das crianças eram aquelas flores, as flores que elas viam repetidamente e não confundam com o 'Flower-power'.

Outras mães escolhiam Budha, Juno ou Elvis para as filhas mulheres.

Elvis Marion, por exemplo. Que soa como "Ave maria". Como ave maria moderna.

Aquelas que não o faziam, davam nomes de animais.

Sua mãe deu um nome especial para seu filho homem, porém. O irmão de Corvo se chama Volvo Bill e Corvo o enxerga, o toca toda noite quando chega a casa. Mesmo em circunstâncias macabras que poderão ser explicadas depois, o garoto recebeu um nome.

Quando espera por uma ligação da mãe, Corvo sente-se tão feliz e até capaz de comer. Desde que cresceu, e que parou de crescer, sua mãe tem ligado religiosamente todos os dias mesmo não podendo ou não querendo conversar mais do que onze minutos e cinquenta e nove segundos.

Quando Corvo desconfia que a mãe não vá ligar, ela não come, e volta ao trabalho apto ao suicídio em forma de salto do oitavo andar do prédio onde trabalha.

Essa situação é algo como a felicidade e a queda parecendo de fato como dois pesos iguais.

A mãe mora em outra vila, mas na mesma cidade.

Corvo gosta de sorvete e é sempre o que ela faz na companhia da mãe.

Sorvete é uma das comidas que mais demora a ser comida.

Sorvete é um tipo de agressão diferente à boca do estômago, diferente do medo.

– Não posso te ver nesse fim de semana extraordinariamente, Corvo.

– Deixe-me recuperar o fôlego.

– Já?

– Por que nunca digo o quanto você é cínica? Por que te amo tanto?

"Sei que ela irá a um parque de diversões ao invés de me ver, mas isso não é importante / E irá com o irmão e o namorado do, que são somados, muito, muito mais divertidos que eu, mas isso também é tampouco importante agora que de fato não acredito que parques assim são fascinantes, principalmente agora que ela tirou os parques de mim / Especialmente a roda gigante / Temo desmaiar apenas pensando nela, por ser infinita, redondamente infinita / O namorado do irmão toca guitarra e isso não é importante / O outrem que mamãe convidou para ir ao parque ao invés de convidar a mim é algo como Dracula, e tudo o que eu posso fazer é esperar que ela ligue na segunda-feira / Até lá, talvez estarei morta de fome".

"Sempre que consigo um novo emprego, imagino o quão alto é o prédio no endereço. É como se houvesse açúcar queimado no teto para grudar e quão delicioso e alto é o lugar onde as pessoas pulam para morrer / Vislumbrar a altura: Essa é a minha 'Máquina de café Premium' / Os outros empregados não enxergam, mas a máquina de café é o que os mantêm sentados e não o que os fazem voar por um minuto / Acho que saltar de um prédio é a única oportunidade que um ser humano tem de voar de fato, especialmente quando vejo a pequena janela quebrada do toalete com um pedaço de poliestireno, parte cobrindo e parte balançando com o vento / Meu voo dizendo 'Oi'".

"Desisti de cometer suicídio ao pular na linha do trem desde que percebi que trens são lentos demais. Muita lentidão correlata a muita dor, neste caso. E também pelo fato de muitas pessoas feias pararem na plataforma para assistir os restos; mas na frente de um prédio, há mais espaço para a dispersão e ao chegar ao fim do mergulho, a cabeça explode e muito menos de você pode ser visto. Pelo menos nada do rosto".

Dentro do túnel, no metrô, Corvo se pergunta sobre a mãe e o exato momento, se tendo relações sexuais ou qualquer outra relação com alguém que não seja Corvo; se está usando drogas, quais e se está em um lugar em que disse que está, mas não está. Típico.

"Quando eu tento imaginar um homem muito belo, a imagem do homem se enriquecendo progressivamente consome a minha própria imagem. Começo a ficar horrorosa à medida que o homem: Muito mais belo. Tudo o que salda é o quanto a imagem enriquecida dele é morna, é boa, é 'Abraçável'. Então penso na mamãe, que é a única que consigo de fato amar. Então os homens congelam imediatamente, me torno um pouco menos feia nesse momento, e sei que mamãe congelará também. Agora ela que é mera, e só 'Abraçável', mas temo, temo ter certeza de que esse calor também há de acabar. Sei que o calor que faz o sangue dela ser quente se chama vida, e que também está por acabar. Então devo abraçá-la mesmo sempre gélida e isso vai durar para sempre? Haverá o momento em que faltará sangue, frio ou quente. Não terei então mais motivo para amá-la quando isso acontecer, não? Até os ossos dela vão quebrar... Mesmo se outros disserem que os ossos vão resistir, eu sei que não vão. Esse é um motivo autêntico: O voo".

Esse é o momento em que ela recebe golpes de vento frio do inverno, fazendo com que uma estranha febre que passeia em diferentes partes de seu corpo, se mova.

"Entre esses vasos do bairro do Alto de Pinheiros, há sim grades até ornamentadas de plantas e flores que isolam fluxos que acho que nem podem ser chamados de ruas, onde supostamente vivem pessoas que não estão exaustas. Eu estou. Acho que essas plantas e essas flores não ajudam os moradores a viver melhor, pois elas são vegetais sepulcrais. Acho que esse oxigênio a mais dá só a sensação de poder voar, ou até mesmo de desaparecer. Não dá para ver o quão verde as raízes são, se é que são verdes, e nem mesmo elas substituindo o ar, que simula a fuga ou a partida. Essas plantas têm raízes também, e é o que há de mais grave".

Ultimamente, Corvo tem andado por aquelas ruas um pouco mais devagar que o trivial, a presença daquelas raízes todas começava a preocupá-la. E crescia. A preocupação e as raízes.

Até o impulso que a tira da cama a mantém sonolenta por todo o dia, a mantém dormindo de forma regular.

Mamãe diz que Corvo deveria voltar a dançar.

Mamãe acha que sim, agora que o acúmulo de tatuagens não deixa dúvidas de que ela é uma criatura tão feminina que pode agora plenamente entender a graça da dança.

"Essa é minha mamãe. Tentando me viciar em cocaína, pensando que alguém pode de fato me ensinar a tirar os pés do chão, mas não é uma questão de ensinar ou aprender. Eu não posso me mover. A droga, o vício não é só o que me gruda no chão com tanta força. Há algo mais".

Atrás da grade invadida por flores e plantas, por vãos, Corvo notou um carro parado. Parecia até que a observava.

"Mamãe não, não me ligou hoje na hora do almoço e estou voltando ao trabalho com um turbilhão pintado a lápis preto na cabeça. Por que as pessoas comem? Eu como e sinto que não deveria, enquanto mastigo minha mãe".

"Eu não quero outra mãe porque estou certa de que não há uma mãe mais quente que essa quando eu a abraço. Somando é claro, o fato da impossibilidade de ter uma segunda mãe e até mesmo a certeza de que todos os seres humanos saudáveis tem a mesma temperatura que ela, mas também tenho a certeza de que nenhum outro calor é como o dela".

Corvo: Quando uma pessoa se atira de um prédio, de um prédio bem alto, ela já chega desmaiada no chão.

Mamãe: Mesmo?

Corvo: Mesmo.

Mamãe: Tem certeza?

Não.

"Hoje, durante o almoço, notei o prédio bem alto atrás do restaurante onde faço o almoço. Agora não tenho mais tanta certeza (Se é possível chegar desmaiada no chão ou não). Não quero correr risco de invalidez tomando pílulas e sucumbindo. Não quero perceber a cabeça explodindo. Não quero sentir dor, nem mesmo qualquer tipo de dor visto que já massagem alguma consegue tirar a dor que carrego nas costas".

Seis minutos e trinta e dois segundos.

"Mamãe me ligou e eu nem esperava que. E se antes restavam apenas seus ossos apodrecendo, a temperatura de seu corpo fadado ao desaparecimento apenas como qualquer outro mero abandono da terra, agora que ela desligou, sobra apenas... Morte".

"Não estou interessada nos sonhos eróticos da mamãe visto que não posso estar neles. Esses sonhos são apenas mais formas que ela encontra de me abandonar. Eu devia ser a única a discorrer a ela sobre minha jovem vagina. Eu tenho otite aguda na minha vagina e ela coça. Não tenho o menor interesse em coçar, mas tenho de fazer. Aí ela fica úmida e mais úmida e eu fico sem saber o que fazer com ela. Apenas e somente, por sua falta de importância, e eu não estou interessada em qualquer compaixão daqueles que querem algo com ela, sendo garotos ou garotas".

"Mamãe é só mais uma mulher que precisa de compaixão? E eu não posso dar, desconfio. Então lá vamos nós de novo cheirar cocaína em cima da capa de uma revista Vogue".

"Quando estou a abrir a mamãe, tudo o que eu posso sentir é a responsabilidade envolvida em um momento tão profundo. Só isso. Olho aquelas peles fininhas e sinuosas bem lá dentro onde elas ficam mais fininhas e ainda mais sinuosas. Lá dentro, acho que consigo amar mamãe mais do que o de costume".

"Quando eu vejo mulheres na rua, pratico o ódio que cada mulher sente pela outra. Vejo uma mulher em uma plataforma de estação de trem e penso o quanto, mais o quanto fede o que ela tem entre as pernas. Vi outra ontem, estrábica, uma garçonete que agia como se acreditasse que tivesse algo especial, só por ter vagina provavelmente, e isso é insano. Outra loura, regando-se de refrigerante em um balcão lotado dentro de uma praça de alimentação pensa ser a coisa mais bela, a jóia do mundo. Eu ainda fito, flerto com alguns homens e ainda me sinto enganada. Então começo a fingir o ódio que sinto por eles. Imagino o recorrente desejo do estupro que sempre esteve com esse ódio. Sei que perdi o desejo carnal original, mas essa louca ideia ainda se esconde em alguns locais do meu corpo e esse ainda é um método autêntico de autotortura, como a culpa".

"O prédio alto do lado do restaurante é todo coberto de vidro e sei que não é possível chegar ao topo sem convite, então fico apenas a observá-lo, assisti-lo quando venho almoçar, tentando arquitetar uma forma de ser convidada".

"Odeio comer. Se não como, alguns espaços pequenos dentro do meu estômago me chateiam por tarde toda, por isso estou aqui na longa fila do restaurante sentindo medo da comida. Odeio não conseguir chorar".

"Sei que tudo no dia de hoje é triste e dramático, mas / Simplesmente não consigo chorar / Uma amiga me pergunta sobre o lítio, quanto tempo vou continuar com ele e eu disse que até destruir meus rins / Quando eu volto ao trabalho sozinha e melancólica, eu tenho de tolerar a exata vertigem de não ser uma princesa encantada quando as pessoas tentam se comunicar comigo na vida real / Elas pensam que enlouqueci e querem cuidar de mim / Pelo tamanho da minha cabeça, eu deveria ser mais alta do que um metro e setenta e três centímetros que meço".

"Cara amiga, posso dizer que mesmo tomando tanto lítio para estabilização do humor, ainda te odeio bastante".

"Meu irmão Volvo Bill morreu na barriga da mamãe. Ela queimou o feto e me deu as cinzas de presente. Ela o fez porque eu fui a que menos se importou com o fato e o feto. Ou a que mais se importou, ainda não sei. Então comprei uma caixa de música para guardar as cinzas, mas quando a bailarina dentro dela começou a dançar, eu a enforquei e fiquei só observando o quão belo, o quão belamente quieto era o momento a observar as cinzas do Volvo. E tocá-las. Tocar como um homem louco e perdido toca o deserto, toca a areia. Todas as manhãs e tardes, eu não posso ter as cinzas do meu estimado irmão comigo. Posso trazê-las para o trabalho? Claro, provavelmente para ter mais um atestado de loucura, mas não trago por ter medo de derrubá-las na linha do trem. O que tenho tentado é fazer da noite: dia, nesses momentos infinitos em que trabalho nesse prédio".

"O tempo passou e acabei arrancando a bailarina enforcada da caixa de música. Matar a bailarina é o melhor motivo para ter uma caixa de música (Mais do que matar a música)".

"Eu converso com ele, porém. Com meu irmão".

Corvo: Há algo que invariavelmente impede que meus pés deixem o chão, desde que comecei a sentir coisas estranhas. Essas demonstrações inconstantes da gravidade tem me dado a certeza de que não sou um pássaro como acreditava e visto que estou impedida de voar, não consigo viver e você sabe o que isso quer dizer, não sabe?

Volvo: Não consigo lhe dizer nada de positivo nesse momento, Corvo. Melhor me calar.

Dani morava em uma rua paralela com a que eu morava. Eu costumava visitá-la. Costumávamos assistir filmes de horror, mas perdi o prazer de. Eles duram uma hora e meia ou mais e eu me canso. Ela costumava cozinhar, mas eu já decorei o gosto de todos os pratos que ela cozinhava e eu não via a necessidade de continuar provando-os. A voz da mãe dela nunca mudava, então eu não precisava mais ouvir também. A inveja que eu sentia da Dani não diminuiria. A terrível energia do quarto dela fazendo minha depressão piorar, não mudaria também.

Então abandonei minha última amiga por oferta.

Com aquilo, também pude deixar de dar entrevistas sobre o lítio.

Hoje mamãe não ligou.

Acho que a vovó disse a ela que sou o exemplo jovem e moderno do mau e da desonestidade só porque meus olhos são azuis ou porque sou mais feminina que ela. Toda essa continuidade de sangue é ignorada com tanta facilidade que me deixa enjoada. Nossa geração de mulheres tem clareado. Quero dizer que sou mais branca que minha mãe, que é mais branca do que minha avó, estranhamente bronzeada. Minhas tias, cúmplices, estão todas contra mim. Mamãe finge fraqueza, eu sei. Ela diz que não consegue enxergar minha aura tanto ao falar comigo, quanto ao me ignorar. Mamãe finge que não é forte o bastante para me amar como o esperado. Mamãe não me ama. Em qualquer espaço vago entre palavras, ela encontra uma forma de dizer que não me ama e sempre acaba justificando dizendo que está brincando, mas não acho que ela sente do mesmo jeito, não sente o mesmo amor que eu. Ao me esfaquear e rir em seguida é como ela pensa que vai me fazer feliz.

Hoje é uma segunda-feira chuvosa e vou para casa perturbada por, mesmo com a ajuda da poluição, não consigo chorar. Eu continuo guardando as lágrimas dentro da minha mente psicótica como 'Julien Donkey-Boy' após cometer homicídio ou após roubar um bebê morto de um hospital. Eu continuo pensando que as lágrimas estão guardadas dentro da mente, visto que a mente não é um espaço físico. Lá as lágrimas não pesam e não podem causar a dor física que o peso daria.

As outras pessoas perturbadas também encaram a segunda-feira chuvosa e a poluição em direção as casas e apenas deus espera em casa, teoricamente. Lá fui eu para casa novamente para ouvir que diabos meu irmão Volvo tinha para me dizer sobre deus.

Câmbio.

Exatamente assim o chamo, enquanto faço massagem com movimentos circulares em suas adoráveis cinzas.

Ao arredondar o movimento mais e mais, me parece que ele conversa progressivamente mais, pelo menos mantêm a frequência da conversa se só repito os movimentos.

E ele fala.

Volvo: Lembro que quando você era criança e seu cabelo era cacheado, fazia você parecer uma princesa. Agora você parece uma lady, minha lady.

Estranha e frescamente, eu diria! E seguiu:

Volvo: Quero que seja e sei que pode ser feliz, e principalmente você pode derrubar todas as adversidades da sua vida, é o que seu irmão que te ama tanto deseja a você.

Em um movimento retilíneo eu disse:

– Ando triste, Volvo.

Dessa vez, me arrastei de volta para casa para ouvi-lo não apenas por ter tanta empatia com, mas só por eu precisar de atenção, só porque eu também quero alguém para me importar. Também preciso de um número, talvez. Alguém que tenha ciência do estouro dos meus miolos e/ou da minha queda de um prédio.

Nada sobre deus me inspira nenhum interesse.

Volvo: Você é sim uma filha de deus e não somente isso, você é um deus. Pense que se você fosse filha de um porco, você seria um porco. Logo, se você é filha de deus, o que mais pode ser além de um deus? Tudo o que você tem de fazer é descobrir o deus que está aí dentro de você.

Nenhuma dessas repetições faz-me sentir diferente e eu sei, sei que nós, que dizemos desejar a morte, nós nunca morremos, mas o mais importante é: podemos morrer a qualquer hora, em qualquer lugar, onde quisermos.

Kerron Steward, Jamaicana, nascida em 1984. Estática, esperando o tiro para largar, enquanto isso eu passeio pela cidade o mais devagar que posso, aquelas partes de segundos que nunca acabam até o tiro.

O sol, brilhando sobre ela, ainda petrificada e as solas brancas dos pés ficam roxas e o peso, o peso é responsável por isso.

Há um segredo na Rua São Francisco do Sul no bairro do Alto de Pinheiros. Não são os carros, não são as casas. Não são nem mesmo os problemas tranquilos dos quartos, mas o fato de que as casas sem nenhuma exceção estão caídas no chão, o que é garantido pelo peso.

É publico o fato da relevante intenção de suicídio.

Mamãe não ligou mais.

A célula de Excel que fica então vazia está me deixando identicamente retangular.

E vazia.

É uma observação média que voltei ao trabalho e minha preciosa mãe me trata como lixo, enquanto homens velhos, homossexuais, me maltratam ou me tratam como uma idiota comparando minha vagina a um salmão fresco e me induzem a assumir a heterossexualidade se é que há sexualidade para assumir.

Aqui estou eu, Corvo, tentando conter a depressão e minha intensa intenção de estourar os miolos, tentando conter também a intensa intenção de tornar o fato público, tornar evento, ter o máximo de atenção que eu puder.

Só estou melancólica, entediada e acho que não quero pertencer a um mundo que é gay só porque deus é gay, um mundo que não é essencialmente e exclusivamente heterogêneo, reto (Onde não posso ter um homem e não posso tomar lítio enquanto minto dizendo que são vitaminas). Odeio gays, mas acho que odeio o cheiro de homens hetero. Odeio homens em geral, acho. Justamante por estar melancólica, entediada, tentando dominar o intenso ódio que sinto por mim mesma, agora que odiar a mamãe é inútil.

A perna da Kerron ainda continua imóvel.

Acho que passaram dois dias desde que essa imagem não me sai da cabeça. Enquanto o tiro da largada não é dado.

São as pernas que impedem que o corredor comece o tiro, não? Elas ficam lá petrificadas enquanto observo a raia olímpica após o almoço, da janela do escritório, mesmo nunca prestando atenção, pois fazer qualquer coisa diferente é amargo quando não tenho a ligação da mamãe.

Abandonei a planilha e as células de Excel.

E mamãe me abandonou.

Talvez seja porque eu tenho um telefone celular muito feio, mas.

Esse imenso funeral, denso e cruel, é menor do que deveria ser e sabe por? Simples, tenho observado a imagem da minha mãe na minha memória cansada e averiguei que os ossos dela já começaram a apodrecer muito antes da morte e isso me conforta quase o suficiente agora que posso ver o quão podre ela está.

Agora não resta nada.

Meu irmão não consegue inventar, dizer, induzir-me a nada. Sua incrível doçura não pode evitar o terrível presente que estou fadada a degustar, e esse presente é curiosamente perigoso por ele sugerir única e exclusivamente a morte, a ausência do futuro e é claro, do presente.

Estou tão chateada, tão humilhada, que odiar a mamãe não é o bastante. Atirar-me do prédio não é o bastante, esse não é o único ponto. Há uma chama final, uma lembrança final de que sou um ser humano ao cometer um derradeiro gesto humano. E farei.

Então, veio o momento mágico: Aquele da minha última conversa com meu irmão Volvo:

Corvo: Bill, eu tenho alguma diferença a fazer?

Volvo: Sim, você deve fazer a diferença.

Corvo: Ao invés de ser simplesmente infeliz como a sociedade e minha criação sempre sugeriram?

Volvo: Sim, você fará essa diferença apenas vivendo do jeito que quer viver.

Corvo: Eu já faço isso, essa não é a questão.

Volvo: E a mamãe?

Corvo: O que mais posso fazer além de aceitar que ela está morta?

A insignificância da rotina é um fato. Os pés de Corvo não doem mais, eles estão roxos por outra razão que é responsável pela existência desse presente qualquer.

Sim, dois pés roxos.

Ela começou a somar significância à rotina, então. Corvo aterrissou no trabalho nessa manhã, não uma manhã qualquer, mas uma manhã preta, não apenas preta, mas pelo preto do luto da mãe, que tomou forma em sua cadeira com pregos e amortecedores e começou a tornar adorno, peça.

A anorexia que o uso ou abuso de cocaína causa, perde espaço para a anorexia natural causada pela completa perda de interesse na comida, agora que os restos mortais da mamãe encheram seu estômago e ela têm tido dias de uma garota feita só de pele, como dizem. Garotos cruzam pelo caminho, mas nenhuma flor ou florescência do sexo consegue seduzir, agora que a morte está em toda parte e os garotos precisam estar em alguma parte.

O vício como o do ato de aspirar, não podia sequer reacender um sentimento especial em Corvo, como deveria. Essa apreciação pelo ato da aspiração é chamada de vício. Ela não nasceu para ser estatística ou estar nela, então... Mãe morta é igual a cocaína morta.

Corvo comprou um tecido especial que imitava o couro cabeludo, o seu couro cabeludo. Comprou também vários fios de cabelo humano, cabelo humano longo e cabelo humano fino. Passou dias e dias costurando aqueles fios no tecido, especialmente nas horas em que deveria estar comendo ou cumprindo o horário reservado para a comida, ou reservado para o sinal de vida da mamãe e deus... Ela me abandonou por um homem x, quando x é igual a Y que por sua vez, é o mesmo que zero.

Não, eu não poderia apenas comprar uma peruca. Tive de construir uma e sabe mais? Seu uso se dará em uma ocasião tão importante ou importante pelo tamanho da inutilidade, mas é um adorno para a ocasião, que é sim bastante importante.'Os sapatos são tão importantes quanto os pés na hora do salto'.

"Estou cozinhando cabelos longos com uma colher de pau em uma panela".

"Meu estômago não dói, a vida é que dói – E eu tenho quatro pílulas pela frente hoje ainda mas. Meu estômago dói tanto que acho vou vomitá-las se. É melhor então ficar sem lítio nessa metade de dia. Ficar louca nessa metade de dia".

Corvo inesperadamente virou a página na possibilidade de tocar piano imaginando as próprias costelas como as teclas. Não se importando com o som opaco conseguido.

Logo depois da Rua São Francisco do Sul, há finalmente uma papeleira (Que só tem boca, mas não tem fundo) grudada em um cano de ferro com uma placa de proibido estacionar, onde Corvo joga garrafas vazias de refrigerante, que acabam quicando cada vez mais devagar para matar o segredo das árvores, pessoas franca e voluntariamente inválidas e até carros.

Acaba a rua e acaba também um caminho. Corvo decide parar com o lítio.

Mamãe vai embora para sempre e essa é uma aceitação natural à anorexia. Ela vai embora para sempre, mas não sem antes um encontro bem mais amargo.

Título: 'Caixão no Quarto Andar'

Talvez eu devesse desejar que alguém colocasse um cobertor no meu caixão para o caso de eu sentir frio. Sim, pois quando você coloca um peixe de estimação morto em uma caixa de fósforos vazia, você não espera que essa seja de verdade uma simulação decente de um enterro, assim como não pode esperar que o peixe sinta frio.

Mamãe, que está ausente, encontrou um jeito fácil de me enterrar. Desprezou o trabalho de tomar meu cadáver nos braços, limpar o corpo, secar com guardanapo de papel a espuma escorrendo da boca, ao me colocar viva dentro de um caixão de concreto, no quarto andar. Lá a morte vem para me cobrar o aluguel todo dia 30, todos os meses. Asseguraram, mas esse caixão definitivamente não tem 50 metros quadrados e isso sequer é o fato que deixa esse lugar menor e mais sufocante.

Talvez este seja o melhor caixão que ela pôde me dar ou me colocar, pois lá eu posso fechar as cortinas quando eu quero, ou posso deixar as garrafas de refrigerante fora do refrigerador para não doer os dentes. Além disso, camisetas velhas, camisetas novas, vários outros tipos de tralhas que dariam muito trabalho para jogar fora, até mesmo uma estante que custou 40 reais. Poupar esse trabalho é o principal e talvez único incentivo para que eu seja quista viva.

Vou ficar exatamente aqui no quarto andar como um zumbi. Pensei em tomar o elevador, ir até o 20º andar, pular para a morte na parte de trás do prédio, mas não vou lá para cima, pois só os ratos é que sobem quando o perigo chega. E eu não sou um rato.

Título: 'A Paciência é um dos mais Autênticos Tipos de Tortura'

O título fala por si.

Título: 'Susan Sarandon'

Após vampirismo e longa espera, não há além ou pós-vampirismo, pois se trata de eternidade, não? Disse que, depois de um balde de sangue, Susan Sarandon termina sozinha no filme 'The Hunger' de 1983 e pior que isso: termina vampira. E é inverno. E ela termina na varanda. De um apartamento. E segue sob seus bigodes a repetição infernal de pessoas nascendo e morrendo. E ela não observa a cidade como um demônio. Pelo contrário, a cidade feia é que parece um demônio a observando. E quer saber? A coisa mais demente nisso é o satânico ciclo da vida lá embaixo, que não para de se intensificar, e que não para de virar as costas para ela. Eu, Corvo, não corro esse risco, porque mamãe não alugou um apartamento com varanda para mim e bem... Preciso mesmo exaltar que as costas da mamãe são dramaticamente pior que todo o dito?

Título: 'Papai Nazi Assassina os Filhos'

Pegue as fitas velhas do seriado de TV 'Oz'. O pai mata o filho pelo crime familiar da rejeição, insulto. Como aceitar o desejo de matar um filho? E a execução? Como aceitar também que mamãe está se retirando para sempre? Como aceitar que mamãe permanecerá viva? E ela ainda está viva. Ainda está viva. Está viva!

Termina-se um destino e termina-se uma peruca.

Estive cozinhando, resolvendo, gerenciando essa peruca, todos os dias na minha cadeira para treinar a paciência. Sabia que precisava aceitar que mamãe jamais ligaria de novo nem em duas ou três horas, mas dessa vez: não era uma questão de esperar o sinal de vida, mas de aceitar a eternidade da ausência que terei de experimentar. Então fiquei esse tempo aqui, costurando, construindo e esse nem mesmo é um trabalho feminino que teoricamente me aproximaria de ser uma mulher na essência, pois tecnicamente não sou uma mulher. Também não estou falando do raso significado do sexo ao mais profundo e obscuro do incesto, falo da impotência, do eterno abandono e nem mesmo preciso olhar para baixo para ver como minha vagina parece um botão de elevador pela inatividade ou não. Não importa apertar, insistir, pois essa geração de mulheres está encerrada.

Mamãe: Posso até tomar sorvete com você, mas não sou mais sua mãe, ok?

E eu aceitei.

Volvo Bill, meu querido irmão Volvo Bill, renascerá das cinzas como Phoenix, como Joaquim Phoenix, como o macabro.

Homens chegam ao prédio... Homens chegando...
Eu não consigo processar essa invasão, esse álcool.
Esse *poppers*.
Esses pênis.
As outras mulheres ficaram lá dentro da orgia
E eu voltei para a sala para observar fotografias do túnel do tempo por um tempo.

O mais profundo escuro do universo.
Mais ainda quando ele está dentro da caixa craniana.
Um pouco mais quando seus olhos estão fechados.
6:00 a.m. e eu ouço o relógio.
Relógio esse nem redondo, nem branco e nem com pequenos pratos de bateria em cima como orelhas.
Mas relógio preto. E é o meu telefone celular preto.
Seis da manhã.
E eu sinto sono nenhum. Eu na frente do meu iogurte
E eu sinto nenhum medo.
Não hoje.
Mesmo porque hoje é dia de sorvete.

Nem mesmo porque hoje é dia de sorvete.

Colherada por colherada;

Enfrentando a morte dessa forma, tão perto de sua face, eu consigo entender que sempre estivemos em sua direção. O tempo todo. 'Descronologicamente'.

Colherada por colherada.

Até a dose que me faz chorar. Eu choro quando estou mais perto da morte do que o usual.

Até que me empanturro.

As colheradas acabam,

Quando você se empanturra.

Eu tenho

Ou você me deu, bem dizendo; culpa por essa infante e irremediável tendência á abreviação da morte. E eu preciso dizer a todos que estão ouvindo, eu quero dizer para todo o mundo que a vida é chã ou temporária como Aquiles. Ou qualquera, mas é apenas uma questão de número de colheradas. Quantas delas você precisa até sentir-se empanturrado?

Comi já o bastante.

[Resolvi o mistério da Rua São Francisco do Sul. O mistério é que não há mistério e que as pessoas lá estão todas mortas. Apenas as casas agregaram vida seguindo com mãos a questão imobiliária, a questão especulatória]

Fechei minha porta.

Esse é o dia em que os três mendigos
Tornam-se três reis
Dor, sofrimento e desespero,
Tornam-se
Ódio, orgulho e desprendimento.

Mesmo eu tendo um eterno problema de ser uma porta trancada, senti a morte tocando a campainha,
Andando pelo carpete,
Perfumando a casa.

Saí á rua.

O mundo e a vida mostraram-se tão belos e perfeitos na imagem de um homem carregando uma cama de madeira nas costas no lugar de uma cruz.

[Jesus esteve carregando uma cruz bem pesada como este homem estava carregando a cama nas costas (descartada e muito plana nada sinuosa), muito preocupado com o momento em que começaria a feder. Jesus foi
endeusado
por causa da dor e do sofrimento no episódio da cruz, e o que o precedeu. O homem carregava a cama depois de acumular muita dor nas costas. Se multiplicarmos toda a dor que ele sentiu nos últimos sete anos, torno então de dois mil dias sem ter uma cama muito plana nada sinuosa para dormir, poderíamos comparar com a dor da crucificação? O homem carregava a cama pela cidade aos 33 graus Celsius rezando para si que só faltava um quarteirão, mas ainda faltava uma milha. E havia ainda uma es-

cada por onde a cama deveria subir. Escada essa bem estreita e escura por ser iluminada por lâmpada bem ruim e ele não arquitetara bem a logística para, até então. E ele começou a pensar nas pessoas que são hipoteticamente devoradas vivas por cães na Coréia do Norte e começou a chorar por elas enquanto carregava a cama. Como podemos especular sobre o quanto esse fato é esporádico? E o homem nem mesmo estava questionando o quanto
ninguém os
endeusou
ou quem
endeusou
a ele por causa do acúmulo de dor. Tudo o que o homem pensava depois era o porquê de carregar a cama; era por causa de uma mulher, ele queria uma boa cama para ten-
tar
endeusá-la.
É como as pessoas se
endeusam
hoje em dia. Pela beleza, não pela dor. E a mulher a ser
endeusada
só queria estar com ele, ter sua longa ferramenta ou ter a ferramenta como ela era, para afrouxar as engrenagens, não importa como, não importa onde, só queria estar com ele e ser dividida em duas, e nem mesmo era pelo voluptuoso fato de que o homem tornara-se recentemente um sindicalista. Ele ainda terá uma cama muito boa e uma casa, mas agora, considerava abandonar a cama por

exaustão após o quarto ou quinto quarteirão, para finalmente abandoná-la exausto no sexto.

Nesse momento olhou para cima em direção a deus e disse:

Me respeite!

Me respeite!]

A vida grita.

Daniel, o supervisor de tecnologia da informação da companhia onde trabalho, achou uma imensa e ameaçadora coleção de imagens de topos de prédios no meu computador e instintivamente, apagou todas.

A vida deve mesmo gritar.

Saí à rua.

Correndo. Pisando com as extremidades dos pés para ganhar minutos pelo caminho. Um minuto ou dois pelas longas escadas de transbordo da estação Pinheiros, que vão do inferno até a marginal. Talvez mais um minuto percorrendo as quatro ou seis quadras da estação até meu trabalho. Talvez dez segundos ignorando a Rua São Francisco do Sul. Ganhando minutos só porque é o que usualmente faço. Ganhando-os para provar a mim mesma que era um dia comum, pois eu não queria, não queria mesmo acreditar que o último dia não é um dia comum, porque é, porque é.

Claro, deixei todas as células de Excel perfeitamente preenchidas, coerentemente preenchidas. Elas são e desejei que permanecessem harmoniosas. Pelo menos assim as deixei. Ninguém que as estragariam depois, importava, mas. Realizei todas as tarefas do dia, pois os exportadores de carne bovina argentina não podiam passar um dia sem ouvir sobre nossos estoques, que continuavam caindo; pois nossos vendedores nacionais precisavam saber novamente que nos deram prejuízo mais um dia, vendendo aquelas azeitonas compradas a favor, a negócio; eles não podiam passar um dia sem saber disso só porque eu ia morrer. Sim, mas todos os projetos a longo prazo infelizmente morreriam naquele dia. Então, apaguei todos eles.

Olhei para a minha mesa, trivialmente vazia, por cinco segundos e percebi que não comecei a beber as infusões; talvez da próxima vez.

Da próxima vez... Da próxima vez... E o disparo nunca estoura como devia, não? Ainda me assombro com estátuas! Lá você volta para o embasamento para talvez na próxima vez... E esperar o disparo novamente. E completar o tiro [Quanto não consegues mover uma perna].

Almoço;

Eu já tinha um 'Não' velho da minha mãe, de ontem, então eu já estava eternamente faminta no dia seguinte comendo apenas por não ter mais forças.

Eles dão a comida nomes tão diferentes, misturam tantas coisas, até mesmo coisas que não são comida, mas tudo não é mais do que carboidrato, proteína, oxidantes ou antioxidantes...

Dessa vez de fato foi almoço, pois [Não vou precisar guardar espaço no estômago para tomar 120 pílulas, pois não vou fazer assim dessa vez].

'Você mantém a pélvis pressionada não para distribuir comida, mas porque é a pélvis que você pressiona quando salta!'

O único refresco do dia foi o fato de eu me sentir menos cansada ao final da tarde, menos que o usual.

Liguei para minha mãe.

Paguei pelo custo da chamada.

Deixei-a dizer o que queria.

Apanhei-a na estação do metrô.

Paguei pelo bilhete.

Até abracei. Sorri.

Fomos até a Avenida Paulista.

Pedimos sequer sorvete se não milhares de drinks se não já melhor medida que possa desenhar tanto álcool.

Comemos novamente.

Isso foi antes.

Novamente, pois eu sempre me sinto empanturrada se o assunto é comida pela segunda vez no mesmo dia, 'Novamente' é a palavra a ser usada.

Minha mãe nunca gostou de sorvetes nem de doces.

Bebemos socialmente até e com leve dose de cocaína.

Mas eu fingi. Fingi aspirar dessa vez.

Novamente.

Essa palavra é tão repetitiva, o álcool... As aspirações... Até que aquele não era mais um dia especial como planejávamos, uma despedida de solteiro ou uma reconciliação, até que era só mais um dia para beber e aspirar.

Era para a minha mãe, não para mim.

Eu a seduzi com a minha sensualidade de regular possibilidade de pagar por um quarto de hotel. Lá, minha mãe podia repetir a palavra 'Novamente' até sentir o estômago apodrecer, o cérebro e finalmente dormir.

Fingi aspirar mais uma linha quando soprei sobre a pequena mesa do lado da cama, enquanto ela fazia coisas comigo.

Coisas.

Esperei que ela se acalmasse.

Veio o momento que eu pude estapeá-la quando tentou reagir, mas ela ainda conseguiu levantar por um instante, surpresa. Confusa, pediu mais dinheiro. Pediu cinquenta reais. Abriu minha bolsa. Espalhou minhas coisas pelo chão do quarto. Humilhou-me mais um pouco por eu não poder dar o mundo a ela. Ameaçou deixar o quarto e ir morrer na rua, morrer na noite sem me deixar ver, sem me deixar possuir seu cadáver e sua alma para sempre somente por observá-la morrer. Assustou minha alma.

Então a empurrei de volta na cama.

Montei, mas de modo que ela não podia mais levantar, deitada a partir dos joelhos na cama. Os pés no chão de modo que não pudesse fazer uma alavanca para levantar-se mesmo se estivesse sóbria.

Comecei a esmurrá-la com as duas mãos fechadas.

Como um boxeador.

Ela gritava, mas com sua voz falhada de *junkie*.

Todos falharam em ajudá-la, pois não é claro, nunca é claro quando alguém realmente precisa de ajuda em um lugar como aquele.

Comecei a usar os cotovelos para amassar seu rosto.

Fiz até que ela finalmente silenciou.

Até que pude desconfiar o máximo de que ela se engasgara com o próprio sangue e que estava morrendo. Era só uma questão de tempo, tempo que um saco de chá acaba de se dissipar dentro da xícara de água quente, para que parasse de respirar.

Deixei o hotel sem que ninguém questionasse.

Prostitutas são abandonadas de manhã mais a conveniência.

E elas não são menos, menos desprezíveis do que mães.

E uma cereja.

Fim do cardápio.

Fim da minha voz.

Pura manhã.

Consulte as fitas velhas e veja o videotape da banda Placebo para a canção 'Pure Morning' – Observe o chão a partir do topo de um prédio, mas com a garantia da impossibilidade da queda, com a possibilidade de andar pela parede do prédio abaixo como uma lagartixa. É o que diz o videotape.

Então Corvo teve a questão do perigo digerida, dissipada.

Podia andar uma parede abaixo tranquilamente. Ao invés, ela preferiu esperar pela plana manhã descansando a cabeça sobre a bolsa e a bolsa estava no chão e o chão tinha grama e essa grama pertencia ás margens do rio Pinheiros.

Á possibilidade do medo que ela podia sentir durante essas doze horas aproximadamente, entre matar a mãe e se matar, ela teve misericórdia;

Não sentiu nada.

Coceira, talvez.

Coceira.

Coceira = Itch; O ditado americano ficaria para ela: "It's the seventeen floor itch" ou "Coceira do décimo sétimo andar".

"It's the seventeen floor itch" que ela amanheceu repetindo. Ao invés de "It's the seven year itch" ou "Coceira dos sete anos" (Google it). Ao invés do parceiro como diz o ditado, Corvo aborrecia-se com a vida em si. Coçava-se.

Então a manhã a chamou, mas não podia colocá-la já em dois pés, como ela já não se parecia muito com uma mulher.

Manhã chama a mulher – Ela tinha só uma peça de mulher materializada consigo, guardada na bolsa: A peruca que passou dias e dias costurando. Era hora de usar.

Então se pôs como um bípede.

A peruca a fez outra, mas não exatamente mais forte, mas adicionalmente má.

Má, mirando o topo do prédio, o topo de prédio ah...

"Mulheres são más"

"Mulheres são más" ela repetia ironicamente para si, mas sabia que não passava de um anjo embaixo de uma peruca. Porém aquela peruca com tanto sangue e destroços era a última e cínica imagem que ela queria passar.

Verdadeiramente, de fato, não importava a peruca – Ou a peruca apenas reiterava que ela já não estava mais entre nós, pelo menos não o sentia mais.

Corvo levantou-se em seus dois pés.

[Havia ainda a questão da água. O fator da imagem da água, digo. Água que tudo lava e/ou purifica. Nós ou ela, eu ou ela nós não estávamos muito certos se era cínico ou não, mas ela decidiu fazer a cena da água também – Corvo abandonou a bolsa, mas não a peruca e mergulhou no rio só até chegar até a outra borda (Note que curiosamente a água não te puxa para baixo quando você mergulha, ela te puxa para cima)].

Aquele dia quente ajudou suas roupas leves secarem ou ficarem o mais próximas de secas possível, rapidamente.

Então só havia mais duas margens, as de uma avenida de asfalto e finito: Lá estava Corvo em frente ao prédio que escolhera.

Uma banda de sopros caiu sobre o mundo.

Uma banda de blues a cercou quando ela não conseguiu autorização para entrar no prédio, aquele que ela inocentemente não fez planos bons o suficiente para entrar – Uma banda de blues mendiga.

Ela esteve então perturbada, andando em círculos como um inseto sem destino, procurando destino como um... Eu não queria usar essa comparação, mas como um homem que fez um excessivo esforço sexual de penetração e inesperadamente ejaculou, atingindo estado de escasso fôlego, deixando a mulher incompleta. Perturbada, apenas.

Ter conseguido ser aceita em um prédio de apenas oito andares, foi sua última humilhação.

Lá em cima, no topo, ela encontrou seu trampolim, de qualquer forma. Ele só era mais baixo, o mergulho só seria mais raso, mas o que ela não esperava é que o momento em si seria tão raso (Não há nada lá em cima, só vento) – Nem um singelo sinal do fim da vida, pós-vida, mundo seguinte, mundo vizinho, ou algo; nada.

Então,

Tecnicamente, resolvidamente,

Ela tentou adentrar um prédio de dezessete andares, como planejou.

Muitas coisas dão errado no dia em que se tira a própria vida.

Ela andou em círculos, suou.

Corvo não conseguiu penetrar em um prédio com mais de oito andares naquele quente dia. Não era o ideal ou o sonhado, mas o aceitável.

Então,

Postou-se lá encima e lá ficou por alguns momentos, tentando sentir algo especial por alguns minutos, mas não sentiu.

Então,

Deixou falsear as pernas.

Relaxou todas as carnes.

E caiu...

... Em cima de um caminhão dos correios cheio de cartas.

As cartas amorteceram a queda

E Corvo não morreu
Todavia.

Parte 2

* * *

Corvo para o irmão Volvo no hospital:

– Então você literalmente volta das cinzas e se senta aqui, a frente de mim, julgando a mim, bebendo chá?

– Me dissecando/encarando?

– É só um pouquinho apavorante te ver novamente na minha frente tantos anos depois, em carne e osso – e olhos, principalmente. Tinha me esquecido de como seus olhos são, nas poucas vezes que eu vi o seu rosto antes de você virar cinzas, nunca prestei atenção nos olhos. Talvez seja porque cinzas não tem olhos, não? É perturbador dirigir uma palavra a você depois de todos esses anos, sem esperar que você me bique como uma ave. Uma ave de bico fino. Como uma ave de briga gorda e cansada. Que não voa. Uma ave macho, certo?

– Eu me lembro.

– É só um pouco assustador ter ver aqui, sentir sua presença ameaçadora como eu sentia a presença ameaçadora do papai quando éramos crianças. Papai vindo para me espancar ou você tentando convencê-lo a, quando ele não o fazia por vontade própria. Ter já nascido sob hostilidade. Então comecei a viver sob a política do medo. E você cuidou de tudo para mantê-la.

– Eu me lembro.

– Agora simplesmente está aqui nesse plácido momento onde novamente tenho 'Uma segunda chance na vida', caso não possamos chamar de 'Segundo fracasso em encontrar a morte'. Agora está aqui oferecendo a complacência, oferecendo nova identidade, ressurreição... Agora você é um tipo de médium. Médium na pele de um leopardo ou estou sendo muito injusta? Limitadamente humana e pouco compreensiva dizendo isso? Você está secretamente contando nos dedos os quinze minutos da visita ou só estou fazendo o papel de 'Lixo-humano' de novo? Eu não sei, mas é muito difícil olhar para a sua cara de novo tendo passado tantos anos desejando furar seu nariz gordo como uma ave de briga gorda e cansada, com bico fino. Como uma ave macho.

– Eu me lembro.

Todos os parágrafos acima com traços na frente pertencem a Corvo. Volvo não disse uma só palavra.

Corvo logo percebeu que realizou duas cirurgias nos pés e outra nas costas enquanto tentava mover.

O Irmão Volvo não parecia tão gordo quanto antes. Ele parecia calmo. Ele foi ao hospital visitar a irmã que falhou na segunda tentativa de suicídio porque de fato queria ter uma nova irmã, pois retornar de uma tentativa de suicídio é como nascer de novo, não? Então não haveria remorso, culpa, desconfiança em si mesmo por ter mentido para si ou para ela, mas não era o que ele poderia ver se levantasse os olhos para os de Corvo.

O irmão Volvo apenas ouviu as palavras da irmã e elas nem foram tão agressivas como quanto eram na adolescência, na infância até, mas ele não sentia agora coisas ruins. Preferiu o silêncio. A sabedoria e o humilde silêncio claramente separavam as duas atitudes, o certo e o errado, ele e a irmã.

Vale o oportunismo dizer que Corvo esteve muito, mas muito mais perto do Nirvana que o irmão no momento em que se atirou do prédio.

Pegue as fitas velhas da infância de Corvo e Volvo, ou esqueça! Seus pais jamais tiveram uma câmera de VHS, ou algo parecido. Mas tente então apenas imaginar que Corvo e Volvo tiveram uma encrencada e agressiva relação quando crianças, até que essa relação virou pó.

Logo, naquela mesma tarde, outros dois seres vieram visitá-la. Um homem e uma mulher, ambos de meia idade. Traziam conforto nas faces, traziam diplomacia nas faces, mas ela não se lembrava de algum dia ter visto expressões assim em pessoas daquela idade, ou visto expressões assim em quaisquer faces.

Agiam como protetores. Agiam como anjos da guarda.

O homem disse 'O que aconteceu, garota?' sorrindo e dizendo aquela frase como se Corvo tivesse caído de uma bicicleta ao invés de um prédio, esfolado o braço, que logo e facilmente ficaria bem, com mercúrio, evitando e ignorando em todas as frases seguintes o fato da tentativa de suicídio.

"Se ele dissesse algo sobre o suicídio, provavelmente seria algo para me associar a imaturidade, futilidade ou desacordo com a minha pobre e rasa essência, que vive e morre sem um único dia de filosofia, imagino".

Homem disse 'Você pediu demissão? Vai voltar para o trabalho?'

Corvo apenas evitou dar uma resposta rude e cabível, por pena. Preferiu apenas retribuir a solícita atitude do homem com o silêncio, era o máximo que conseguia.

"A mulher disse 'Como você está magra...' também sorrindo, também brincando como se todas as minhas tentativas de suicídio me tomaram carne, saúde certamente mas, substancialmente carne, como se eu soubesse que em algum dia do meu passado eu era uma garota com curvas e as curvas devem fazer de uma garota obrigatoriamente feliz".

Mulher olhava de forma um pouco menos brutal, com tato e logo mulher e homem foram embora apressados para evitar o trânsito, eles nem puderam evitar em mostrar que estavam indo embora correndo só por esse motivo. Não podiam ficar o fim da tarde e o começo da noite ou era apenas a burocrática questão dos quinze minutos de novo?

Contudo, eram faces diferentes a deles; estranhas, definitivamente.

"Quando deixei o hospital, exausta de dormir, enjoada do cheiro da comida, enojada com o cheiro do travesseiro, das faces dos enfermeiros, cansada até mesmo do chuveiro que era melhor que o meu, fui me hospedar na casa daqueles estranhos anciãos que me visitaram. O lugar era plácido. O ar era mais respirável, o quarto que me deram não tinha TV ou equipamento de som porque tais tipos de eletrônicos sugam a energia das pessoas".

"Fiz cirurgias nos dois pés perto dos tornozelos e quando eu apoiava o pé completamente no chão, doía muito. Tinha de andar como uma bailarina. Também não podia me sentar ou deitar tranquilamente por causa da cirurgia nas costas. Disseram os médicos que eu estaria bem em alguns meses, que apenas teria cicatrizes, cicatrizes feias e tome como lição se quiser, aquela voz política contava ao meu cérebro".

Volvo Bill aparecia aos finais de semana para almoçar, nesse período. A mesa da cozinha era muito pequena para a imagem de uma longa sala de jantar para juntar o maior número possível de pessoas para fazer parecer que era uma família. Até uma criança estava lá. Anos que eu não via a face de uma criança ou os olhos de uma criança, acho. Anos.

Variações de comida, doces e meu refrigerante favorito, como não poderia deixar de ser. Dois tipos de carne não eram necessários, nem mesmo tantos tipos de guarnição que enfeitavam as carnes e que normalmente não se come, mas todo o exagero de comida era para compensar a pouca variedade de membros da família.

Senti falta da mamãe. Chorei uma vez ou duas, talvez dias, semanas ou meses, não importa. Eu não estava ainda tão convencida do quanto canalha e cruel mamãe era. Eu cogitava que ela talvez não estivesse morta, então não merecia lágrimas e perturbações. Eu cogitava que ela apenas tinha ido passar alguns dias na praia.

Esperei por uma notícia de jornal, esperei pela polícia, mas nunca vieram e descobri dias depois, quando tive meus pés de volta, que não era remorso, nem culpa, mas medo de ser presa ou ser morta por alguns dos amiguinhos criminosos da mamãe.

Não era apenas proteína, guarnição, eles me alimentavam com tanto otimismo que de fato comecei a acreditar no que diziam devido á fragilidade que minhas cirurgias me deram. Senti como se cada colherada daquela caprichosa comida me trazia obrigação de ouvir todas aquelas frases otimistas, aquela filosofia que sempre sugeria o poder do universo no indivíduo como se eu tivesse tido em qualquer dia da minha história algum tipo de poder. Poder como se fosse molho em cima de cada colherada.

Volvo

Percebi que seus olhos são redondos e são grandes. Eu não estava sequer acreditando que estava vendo aqueles olhos sem sentir medo do início de conflito. Volvo tinha os olhos de um pitbull por toda sua juventude e se você fita os olhos de um pitbull, ele te ataca e saliva; e era exatamente assim, ele atacava quando eu o fitava. Então escolhi evitar os olhos dele para sempre e até este esquisito presente passou-se quase dez anos sem olhar para aqueles olhos. Tanto que fiquei naquele momento, percebendo que são redondos, que são grandes.

Meu irmão sempre teve uma essência tola. Nunca gostou de ortografia, grafias a fins por sua própria escolha. Nunca quis ser bom, especial, sábio, mas queria os parabéns por, os que eu sempre fiz por merecer. Aquilo fazia aqueles olhos redondos, grandes e um pouco humildes, terem raios de fogo e os percebia sempre quando ele tentava me tomar o que eu fazia por merecer, e ele conseguia por uma simples razão: ele falava, falava como um político, como um ladrão, como Quincas Borba, ele mentia, ele me enganava e me odiava, só porque era mais feio, menos inteligente e todos os tios e tias, e todas as pessoas velhas gostavam mais de mim, esses Volvo não conseguia persuadir contra mim. Ele se contentava em convencer mamãe e papai a me espancar assim que podia. Ele podia enganar o mundo inteiro até agora, até eu o reencontrar e encontrar os papais-estepe.

Agora está aqui, em frente a mim, julgando a mim, bebendo chá.

Anos se passaram e Volvo teve fracassados casamentos com mulheres pobres. Mulheres que o mantiveram agindo como, sendo um pitbull. Até que se juntou a uma médium, uma mulher que o faz acreditar que é uma águia, mas. Se essa fosse pobre, jamais o faria sentir-se assim.

É muito fácil uma variedade:

Sentir-se elevado, sábio, ter a sensação do domínio da razão, ser bonzinho, tudo isso é fácil quando há dinheiro, quando você vive em uma boa casa. Fácil começar a sentir remorso por ter passado tantos anos vivendo como um cão. Fácil pensar que deve ajudar o próximo, agora que não é mais necessário sentir ódio, ou precisar de qualquer ajuda, agora que a loucura que a pobreza propicia não coça mais.

É fácil em demasia acreditar que você tem o poder de fazer alguém se sentir seguro só porque você está se sentindo seguro, mas secretamente esperando que o universo lhe dê algo em troca pela bondade, por ajudar alguém. Mais secretamente, acho que esses médiuns esperam ter mais dinheiro em troca. Dinheiro, pois é o que querem quando dizem que sentem uma constante necessidade de progresso, que seres humanos precisam procurar pela ascensão, voar como águias, como dizem; mas sempre esquecem que águias sentem dor, ignoram o sofrimento das águias e agora um deles está aqui, na minha frente, me julgando e bebendo chá, tentado me fazer acreditar, me julgando sem dizer uma palavra, porque só consegue dizer frases automáticas agora que leu em algum livro de um escritor canalha que só tem intenção de ficar mais rico, frases que nem mesmo consigo reproduzir por ignorá-las todas automaticamente.

Volvo: Médicos, Corvo, doutores eles só querem lhe dar comprimidos porque recebem dinheiro por receitá-los. Eles nunca vão lhe dizer que está saudável, que está curada, pois precisam vender os comprimidos.

Corvo: ...

Então, por ler um sábio homem, super-homem, super-médium meio homem meio super-homem médium best-seller, você pode facilmente livrar-se do sofrimento, da tristeza e de outros sentimentos ruins, mas não sem pagar pelos livros, certo?

Papai-Estepe: Corvo, você teve má situação, muito má. Que ano terrível! Você se destruiu por perseguir tanto a sua mãe. Você baniu sua saúde, desperdiçou o seu tempo, seu dinheiro. E então teve esse... Acidente (...)

Corvo: ...

Papai-Estepe: Você se machucou muito. Fisicamente. Sofreu por tantos dias após as cirurgias. Não podia andar. Nem podia deitar as costas na cama para descansar confortavelmente, mas. Quer saber? Seu problema sempre foi suas companhias, os 'Perus', Corvo. Você esteve andando com os perus quando estava atrás da sua mãe, mas agora você há de encontrar novas pessoas, voltará ao trabalho, esquecerá seus remédios que não te fazem bem algum. Aí sim, você se tornará uma 'Águia', veremos você se tornar uma águia. Aí sim, você começará a voar!

Filosofia do papai-estepe:
Perus: Pessoas ruins
Águias: Pessoas boas.

Papai Antigo

"Papai morreu muitos anos atrás, quando eu era menina".

"Como cheguei hoje ao estado de mudez, eu sempre tive de mantê-lo, pois o papai me impôs a ditadura do silêncio. Não era filosofia, era mesmo ditadura".

"Eu era uma garota feliz, mas somente até ás três da tarde, quando papai chegava do trabalho".

"Ou até ele cortar meu cabelo".

"Confusa entre sorrir ou não sorrir, ser ou não ser, não pude tender a felicidade temporária que uma vez se sugeriu após mamãe começar a me odiar quando me tornei adolescente".

"Permaneci quieta na escola, entrei lá já muda e então o mundo nunca parou de ser hostil".

"Encontrei homens. E eles foram hostis".

"Não me feri, não acumulei mágoa, pois quando os encontrei, eu já estava triste, ferida, magoada regularmente – Então, estive estável".

"Papai me espancou. Mas quer saber? Quer mesmo saber? Isso não me perturba mais. Papai bateu até com muita força. Chutou até, mas eu não me importo simplesmente, de acordo com a minha própria ditadura anti sentimento".

"Ele nunca se desculpou porque eu jamais o veria amadurecido, aos sessenta. Agora, meu estranho papai -estepe cumpre esse papel e essa substituição, de fato não faz diferença alguma".

A Gravidade

Corvo permaneceu na casa dos papais-estepe. Quando passava os últimos dias, não teve nada mais para fazer, mas.

Encontrar e finalmente verificar o estranho significado da palavra 'Gravidade': Bem, é a força que a terra impõe aos corpos, em súmula.

'deus' foi transpirado por esses últimos dias, ela entenderia melhor essa mensagem e começaria a combater melhor essa força. Ela usaria melhor a própria força para se libertar da terra.

Mamãe Se Desprendendo

"Primeiro percebi o cheiro"

"A primeira coisa que te faz reconhecer a mãe é o cheiro e a definitiva, acho".

"O abraço" e então

"O surpreendente estrangulamento"

"Porscha"

"Porscha era o nome da minha mãe"

"Porscha Lucas, exatamente".

"Um tributo a uma atleta". "Uma mulher atleta"

"Ela corria... Corria... e nunca chegou a lugar algum. Ninguém se lembra ou alguns se lembram, mas todos os alguns juntos não são mais do que eu sozinha me lembro da mamãe"

"Eu me lembro de Porscha"

"Porscha Lucas, exatamente".

"Quando eu era pequena, mamãe fumava canabis quando eu não era sequer alta o bastante para alcançar sua mão, com um baseado queimando".

"Próximos tempos atrás"

"Pipoca e manteiga"

"Pipoca caseira e manteiga"

"Pipoca na panela, panela limpa e então manteiga derretida na panela e então manteiga na pipoca como molho".

"Pipoca fazia tão bem enquanto eu sequer sabia o que a cocaína faz"

"Mamãe começou a me odiar quando eu era adolescente porque todas as mães o fazem e eu nunca entendi por que. Ela nunca explicou, nunca justificou...", mas.

"Mamãe reconsiderou, depois de tudo. Começou a me amar meses atrás, mas eu fiquei tão chocada, tão surpresa por ser tanto amor. O amor apenas me levou... Me levou a matá-la".

"Mamãe se desprendeu do débito comigo"

"Mamãe se desprendeu de mim"

"Mamãe se desprendeu da terra".

Hipocrisia Ao Molho

Segunda
Terça
Quarta
Quinta
Sexta

Somas de diferentes nomes de dias, soma e tipo, para por Corvo de volta em seus dois pés. Dificuldade um pouco, uma pouca dor para andar precisamente, mas.

Ela não era mais uma bailarina naquele ponto e houve um importante ganho de peso.

Ganho de peso do corpo em cima dos pés. Ganho de peso em sua tradicional amargura sobre a hipócrita intenção de copiar Budha ou.

Copiar Dalai Lama, mas o próprio disse 'Não deixe o comportamento das pessoas tirar a sua paz' não disse? Então devemos apenas aceitar perus e águias como eles são e não julgá-los por suas penas, achamos.

Ou completamente ignorar ambos como Corvo sempre fez.

Quando os pés ainda estavam sangrando, quando as costas também, deus até sangrou. Mas era o molho, não deus precisamente.

Era então a comida, a forma do amor que seus papais-estepe estavam dando, requerendo humanismo em troca, mas.

Corvo nunca foi uma humanista, não era nem mesmo uma anti-humanista, contudo, mas.

Uma 'Não humana' talvez.

É como ela seria rotulada com mais conveniência.

Mas ela fez, sim.

Ela prometeu se tornar alguém melhor, repetir frases, repetir hábitos que eram similares á bruxaria se a questão é sobre qualquer ritual para ganho de qualquer coisa ou qualquer força. Mas ela nunca acreditou em qualquer palavra que eles disseram por que,

Ela sabe que o mundo não é mágico.

Não há magia.

Mágica era convencer os pais-estepe disso mas,

Ela permaneceu pacientemente quieta.

Dizendo sim pensando não.

Apreciando o gosto do molho, mas. Não sendo uma completa hipócrita, mas. Apenas procurando não aborrecer seus papais-estepe.

Ao que passou

Segunda

Terça

Quarta

Quinta

E sexta.

E ela tinha os pés de volta – Então não precisava de deus algum.

E de nenhum humanismo.

Volvo Bill o irmão então, usou essa conciliadora época, ocasião, para espertamente convidar a irmã Corvo para passar uma semana em sua casa, um apartamento no bairro de Pinheiros.

Papai Estepe: Não deixe essa oportunidade passar, Corvo. Considere o que seu irmão tem a lhe oferecer. É sim uma oportunidade poder conhecê-lo de novo depois de todos esses anos. Logo ele será sua única família. Estou velho. Sua mãe também está velha.

Cair Morta

Volvo Bill o irmão então, após todos esses anos de desenvolvimento espiritual, de beneficiamento espiritual, como o processo de beneficiamento de azeitonas ganhando água e dividindo-se em baldes cada vez menores, como o processo de beneficiamento de salmão fresco beneficiando-se de pedras de gelo até que elas atinjam os vinte e cinco por cento de todo o peso; Após todo o crescimento espiritual, tríceps espirituais e reflexão direta no aumento, desenvolvimento financeiro, tríceps, comprou um de seus imóveis neste seguro edifício onde ruídos não entram devido ao vidro especial, a janela especial.

Era um prédio limpo, elevadores brilhando, inexistência de rachaduras em quaisquer paredes, brilho de pintura.

(É como uma alma deve parecer por dentro, achamos).
"É como uma alma deve parecer por dentro, acho".

Dentro de um imóvel que não era simples, Volvo procurava parecer simples. Sempre usava roupas velhas dizendo que era sua forma de ser e estar, mas.

Seu imóvel é novo, muito novo e Volvo segue mantendo negócios e investimentos para possuir mais imóveis. Ele possui outros dois ainda melhores que este.

Irmão então terá de dividir seu cadáver em três ou mais para que possa cair morto em sua própria morada.

Um braço na Rua Oscar Freire.

Duas pernas na Rua Teodoro Sampaio.

A cabeça e o tórax em um imóvel que jamais declararia a receita federal.

Então teremos um corpo incompleto para enterrar.

Ou queimar.

Permaneci quieta.

Muito quieta. Analisei a casa do meu irmão, as paredes, a pintura e as cadeiras de madeira pura, e a mesa e desejei cair morta ainda viva em um imóvel assim, sentindo tanto conforto, mas.

Volvo Bill, meu irmão nunca compra roupas novas, Volvo Bill evita os eletroeletrônicos para evitar ter as energias sugadas.

Volvo tinha muita bruxaria a fazer, então achei melhor ficar quieta no quarto de hóspedes preocupada, procurando saber, supor onde eu finalmente cairia morta.

"Tente, apenas tente desconsiderar toda a lavagem cerebral, toda a lavagem do aroma, da fragrância talvez, pois meu cérebro jamais foi lavado, nunca esteve limpo. Volvo Bill nunca conversou nem no nível mais baixo da plenitude devido sua surdez".

"Sim, meu irmão ensurdeceu pelos anos, ensurdeceu mesmo, mas esse otimismo fanático, maníaco, o impediu de procurar um médico, pois esse ato era incompatível com sua fé, que deveria fazê-lo escutar, escutar ao menos quando as pessoas falam com ele".

'Médicos, eles sempre te dão comprimidos e você nunca se cura, pois os médicos vivem de suas vendas' – "É o que Volvo pensa do mundo ideal, onde todos morreriam surdos e os médicos morreriam de fome".

"Sensacional, não?"

"Volvo Bill encontrou uma sábia forma de nunca ter seus pensamentos contrariados: Falar, falar e falar como um papagaio e nunca ouvir ninguém. É como ele se assegura de ter sempre razão".

"Bem, eu só disse para desconsiderar a lavagem porque eu já estava sentindo meu corpo como se ele fosse uma cruz, entende? Braços abertos para um abraço, tentando ou não tentando apenas ter a sensação de ter meus pés querendo separar do chão por si".

"Acho que foi por causa do excesso de silêncio do apartamento do Volvo".

"Sei que fui acusada de permanecer calada o tempo todo, de ser antisocial ou esnobe até, mas" – "Por quê eu diria algo se meu irmão não ouviria?".

"Passei lá uma longa e quieta semana com meu irmão surdo, enquanto que em alguns momentos, eu fingi ouvir o que ele dizia. Na verdade, eu estava até mais surda que ele, se falarmos de forma prática".

"O que eu realmente gostava no meu irmão, era das refeições que ele oferecia. Cardápio variado e sempre com meu refrigerante favorito".

O Coro

Volvo estava se dissipando na atmosfera, sei lá.

Tudo o que ele, mamãe-estepe e papai-estepe disseram, repetiram e repetiram, quando eu estava com meu irmão, os estepes ligavam e repetiam novamente tudo por telefone, o que Volvo já havia me dito ao jantar.

Você tem o poder consigo
Você tem o poder consigo
Você tem o poder consigo
Você pode e deve fazer a diferença
Você pode e deve fazer a diferença
Você pode e deve fazer a diferença
Você precisa repetir as frases mágicas
Você precisa repetir as frases mágicas
Você precisa repetir as frases mágicas

E o coro também dizia que eu deveria voltar ao trabalho, já que meus pés já estavam bons. Concordei que deveria voltar, pois logo fiquei cansada de tanta proteção, todo aquele porre ou golpe de otimismo, sei lá. Pensei que deveria voltar ao trabalho e ao mundo real e cruel de sempre, onde não tenho nenhum poder, onde não posso fazer nenhuma diferença, onde não tenho fé em frase mágica alguma, onde sou eu mesma e o coro repetia insistentemente que eu jamais deveria tomar comprimidos para o cérebro novamente porque a depressão não existe. Depressão é algo inventado por médicos, transtorno bilopar tão quanto, e esses também deveriam morrer de fome: psicólogos, psiquiatras e todos os tipos de médicos, por que não?

Ponto a considerar:

Volvo Bill se considerava esperto por ter conhecido todas as religiões e então ter pegado só as coisas boas de todas elas.

Corvo tinha certeza de que era esperta por considerar só as partes ruins de todas as religiões.

Volvo Abandona um Gato

Em meio ao cheiro do churrasco no último domingo, Volvo estava vangloriando-se por uma velha ação, enquanto ria até deliciosamente.

A carne é deliciosa.

O gato é delicioso.

A morte é deliciosa.

Em meio a fumaça mortal de todos aqueles animais cortados aos pedaços, corações, pernas e tudo o mais, Volvo dizia aos presentes que abandonou um gato. Como se fosse uma brincadeira, como se fosse algo como provocar uma queda com uma casca de banana, como se banal fosse.

Consulte suas fitas velhas e veja o filme francês 'Mouton' datado de 2013. Há um capítulo onde um cachorro é abandonado enquanto você que lê, podia ver também em outra passagem uma fileira inteira de animais em tiras e finalmente uma mulher gorda optaria por uma cumbuca de carne moída crua, e a saboreava como um sorvete. Com aquilo, ela fazia também pequenas bolas com os dedos sujos (Ao modo que se forma bolas de barro para modelar) e colocava em série na língua do namorado como se fossem caramelos.

Considere também o fato de que você nunca analisa a expressão de um gato quando o abandona e tampouco acompanha a vida e o massacre de nenhuma de suas refeições.

Volvo simplesmente recolheu um gato que nada mais lhe fez além de existir, ou de não saber usar toaletes como seres humanos, ou de não saber andar como bípedes ou por dormir o tempo todo ou qualquera. Volvo o pôs no carro e deixou o gato em um lugar em que nem ele mesmo lembra onde e agora tem essa lição de sabedoria para dividir em uma ocasião estúpida como um churrasco, onde todos os estúpidos não tem nada melhor para dizer, nada a dizer em geral. Então, Volvo dividiu essa história engraçadinha, 'Fofinha'.

O gato primeiro ficou espantado com um espaço tão grande e tão largo que nunca tinha visto antes. Primeiro ficou tenso com aqueles usuais olhos arregalados. Ele tentava, mas não reconhecia nenhum cheiro. Então eu é que sou a pessoa esquisita da família. O gato começou a mover com cautela as patas fofinhas, as de trás e as da frente, e alguns dias depois gato começaria a gritar pela saudade da estúpida pessoa que cometeu essa esquisita atrocidade.

O gato permaneceu fazendo coisas de gato e até você mesmo pode imaginar que ele teve problemas, por apenas saber fazer gatices como andar por entre os pés das pessoas para demonstrar afeto, ou nunca saber utilizar o toalete como seres humanos ou por dormir o tempo todo.

Gatos não sabem fumar para enganar o tempo, enganar a vida – Vida que deveria prever que a coisa humanista incluía o massacre de animais, afinal apenas a palavra 'Humano' faz parte da estrutura da palavra 'Humanismo'.

Fim dos títulos.

Fim do irmão.

"A vida não se baseia em acumular, ela se baseia em descartar".

Na semana seguinte Corvo voltou a usar sapatos de couro, mesmo não tendo essa recomendação dos médicos. Ela podia mesmo assim, andar muito bem naqueles sapatos.

Na semana seguinte, ok, entendemos a aproximação, queridos papais-estepe. Corvo está enjoada do tempero e até do alho, doente de repetições.

"De volta a mim mesma, posso enxergar o fator dos olhos – Olhos de uma cobra e olhos do meu irmão, dos meus estepes, significam o mesmo. Essas pessoas citadas fitam-me com tais olhos me dizendo coisas sobre transcendência, mas eu consigo ver que mais no fundo naqueles olhos, não há transcendência alguma neles mesmos, que dirá em mim. Enquanto a cobra, o animal, não precisa dizer coisas que não pensa, não acredita, cobras e tais pessoas tem os mesmos pensamentos. Mamãe estepe nunca, mas nunca irá aceitar a minha dose de feminilidade e minhas tatuagens feias. Papai-estepe nunca aceitará a cor do meu cabelo, nunca aceitará o fato de que eu não sou o que ele planejou, parece até que eles sempre foram meus pais, como se fossem apenas pais com outro rosto precisando de redenção em uma posição e ou situação de não poder me pedir nada. Contudo, eles não podem transcender se não podem entender ou aceitar o fato de que eu não quero transcender".

Na semana após, Corvo deixou a casa dos papais-estepe prometendo visitá-los uma vez por semana. Ligou para Rocio, a empregadora, e perguntou se podia voltar ao trabalho. Corvo voltou para o 'Caixão no quarto andar', no centro da cidade, sozinha novamente – Quando voltou para seus pessoais, seus objetos, disse até feliz, mas não ao todo, cinicamente: "quem é o tigre de prata mais lindo dessa favela vertical?". Beijou o enfeite e começou a lavar as louças que já acumulavam muita poeira, teias e pequenas larvas.

Há um ponto a ser ressaltado sobre o tigre de prata: Corvo tem asma, e é por isso que nunca teve permissão para ter um animal de verdade como estimação. Nunca teve permissão quando garota e agora crescida, ela não quer um animalzinho porque é apenas mais uma vida para juntar e ela não gosta de juntar vida. Muita vida junta deixa Corvo estressada, e é por isso que ela escolheu viver só.

Volvo casou-se com sua noiva médium não muito tempo depois. Corvo não foi convidada para o casamento.

Volvo Bill,
Mamãe-estepe e
Papai-estepe,
Em anexação com suas repetições, permaneceram onde estavam, no Limbo idealista.

8:34
8:37
8:28
9:12
8:39
12:00; 12:00; 12:00; 12:00; 12:00;
18:00
18:00
18:00
18:00
18:00

Horários de entrada, saída para o almoço e saída para casa, na primeira semana de volta ao trabalho. Houve semanas como essa depois, horários como esses também. Limbo.

Claro, evidentemente que Rocio, a empregadora, aceitaria Corvo de volta. Qualquer outra atitude não seria esperada daquela criatura extremamente humana do Peru. Ela, que veio para este país fazer dinheiro, mais dinheiro por não poder fazer dinheiro no Peru. Ela veio para usar seu já existente dinheiro, usar a nossa população esperta, porém pobre, na exploração de mãos e cérebros, nunca chove em Lima, deve ser sufocante, muito mais mãos e cérebros para explorar por aqui e ela jamais deixaria de abrigar uma garota que acabara de ter um trauma como uma tentativa de suicídio. Ela aceitaria então Corvo de volta ao trabalho e jamais a julgaria pelo que fez, jamais também xingaria e xingaria gritando tanto em sua sala cheia de penduricalhos da comunidade canibal equatoriana, jamais diria o quanto Corvo fora fraca e infantil em seus xingamentos. Canibais esses que, recentemente tiveram permissão do governo para comer carne humana. Foram absolvidos para comer carne humana, mas não para matar pessoas, por enquanto. Eles podem usar carne de pessoas naturalmente mortas para a culinária e agora a pizza peruana é internacionalmente conhecida por ser a pizza com recheio de carne humana moída e molho de tomate.

De volta para casa, como a vampira Susan Sarandon, ela não estava assustada ou apavorada ao pensar no que levaria para a cova. Ao dar as costas para sua nova família, para o irmão mais uma vez, Corvo não desconfiava ter de levar para a cova uma maldição apenas por não fazer esforço algum para resolver a questão, mesmo porque a palavra 'Resolver' soa estranha e dúbia, pois nesse caso a questão refere-se a coexistência e não a aceitação. Corvo resolveu a questão para si mesma ao pensar em seu estimado tigre de prata, aos vários outros objetos de que ela gosta tanto. Ela não os levará para a cova, então por que levaria culpa?

Corvo passou alguns dias tentando fazer a bateria do seu telefone celular funcionar novamente, o mesmo estava muito datado e era difícil encontrar uma nova bateria para comprar. Ela teria de comprar um telefone novo, o que lhe custaria um grande aborrecimento. Então, achou melhor deixar a bateria velha despencar do quarto andar como uma casca de laranja na calçada.

"Do que se trata, do que se tratava, melhor dizendo, era de rezar números para uma tela".

Daniel, o especialista em TI não lhe dirige mais a palavra. Rocio, não se comunica com ela como poderia. Todos sabem o que aconteceu.

Era uma forma simbólica que estava ajudando-a perceber o quanto estava à parte do mundo, ou da terra se você preferir dizer terra ao invés de mundo. Não ajudava por ela já antes se sentir à parte, Corvo não estava entediada de forma tão fulminante por contar dias idênticos, os que passaram e os que ainda viriam; ela permanecia quieta, contanto todos eles pacientemente, pois secretamente sabia o destino, o fato que a aguardava.

Parte 3

* * *

Como deve ter sido para Paul McCartney e Jesus Cristo? Será que sabiam que algo realmente especial estava por acontecer? O estrelato e a cruz... Eles sentiram? Sentiram que algo estava por acontecer?

Era como se ela estivesse na varanda, mesmo estando apenas à janela, sentada em uma cadeira. Podia ver coisas:

"Eu vejo duas garotas. Um nome começa com a letra c e o outro nome começa com a letra c, dizendo como cantando 'Pegue-o-tigre-pelo-dedo-se-ele-gritar-deixe-o-ir'.

Ela também podia sentir além de ver coisas, como a incapacidade de sentir os pés tocando no chão, tocando o mundo, exatamente.

O sequestro foi muito simples: Corvo estava em casa tensa por algo que não sabia ao certo, quando estava no escritório sentia o mesmo. Bob um e Bob dois bateram em sua porta com cascudos e aquilo soou como um sarcófago sendo aberto; soou como a canção dos Beatles 'A Day in the Life'; mesmo que seu apartamento parecesse uma catacumba, mesmo que ela mesma parecesse um fantasma, era muito estranho ouvir alguém batendo na porta. Papais-estepe estavam magoados por fracassar na transformação humana de Corvo, não viriam. Volvo, tão quanto. Esses últimos, todos dentro de uma catacumba moral e então quem mais viria além de Bob um e Bob dois?

Bob um usa terno preto e Bob dois usa óculos escuros o tempo todo e Bob um também. Bob um falava e Bob dois também sabia falar, mas só Bob um abrira a boca:

– Olá

– Olá? Os dois primeiros travessões pertencem a Corvo.

– Viemos te buscar

– Buscar?

– Buscar e te levar para um Reality show

– Um Reality show? Por acaso assisto algum Reality show? Perguntara com um nó no cérebro, mas não estava ela tão espantada como quando percebeu que aquela não era uma situação ordinária.

– Pode não assistir, mas estará em um agora.

– Eu não acho que quero. A interrogação estava nos olhos, não na frase.

– Não é questão de querer, Corvo.

Tah-dah! Bob um mostrou um revolver bem grande, bem preto, bem brilhante, bem carregado, o maior que pôde, o maior bolso e o maior cinto que ela jamais viu e Bob dois também.

Notas de piano despencando dramaticamente...

– Bem... O que esperam de mim? Corvo disse pensando em roupas, pensando em estar sem elas, preocupada em sair de casa naquele exato momento.

– Podemos esperar um porco, Couvo. Você pode tomar um banho, vestir-se e se quiser, pode também montar uma suitcase bem pequena.

Um porco, Couvo? Corvo logo pensou que seria inútil argumentar.

Entrou no banheiro, e então mesmo parcialmente imersa na banheira, para evitar fuga, Bob um esfregava suas costas com uma esponja. Bob dois apenas vigiava. Corvo observava Bob dois estático invadindo seu banheiro, confusa, mas não espantada por quão esquisita pessoa... Bob um continuava esfregando.

Corvo, a presa, deixou o prédio milimetricamente entre Bob um e dois. Carro preto, carro longo e carro brilhante a tomou do assento traseiro até os estúdios da TV. Assento traseiro com Bob um e dois, mas dessa vez não entre eles, ela permaneceu na janela, sem qualquer fio de intenção em pedir ajuda. Ao contrário, encostou a testa no vidro e dormiu o que pôde, pois ela esteve acordando muito cedo nos dias anteriores.

– Meu nome é Madeline, prazer em conhecê-la. Sei que você provavelmente deve saber que meu nome verdadeiro é Angélica e que pedi para mudar. Agora, oficialmente, meu nome é Madeline.

– Eu não assisto TV, nunca ouvi falar no seu nome e provavelmente nunca vi a sua face, Angélica. Corvo disse tranquilamente, nunca afetada, nunca amarga de propósito.

Corvo diz coisas mantendo apenas o cunho básico da comunicação e é tudo. Madeline trabalha na emissora, é um 'Caça-talentos' ou algo. Madeline é loura, tem cabelos longos com ondas naturais feitas artificialmente. Madeline tem olhos que parecem azuis, mas são verdes. Madeline é artificial como corantes, como condimentos, mas ela é muito, muito entusiasta como qualquer que trabalhe no negócio do entretenimento. Artificialmente entusiasta, como corantes ou condimentos.

– Madeline, como diz.

– Parece que estamos na China ou algo... Lá, as pessoas têm nomes realmente estranhos e então criam para si nomes de estrelas ancestrais de Hollywood para fazer negócios com o ocidente. Mas nós não. Angélica é um nome muito bonito.

Madeline agia como um rolo compressor ao ignorar algo ou alguém.

– Corvo é o seu nome, certo? É um nome muito criativo, muito bonito também. Tão quanto Angélica. Corvo, você está aqui para participar de um programa de TV, um reality show bem dizendo, um programa de encontros ao vivo em que você estará em uma competição com outras duas garotas para ganhar um homem maravilhoso como prêmio. Vocês garotas, o dão presentes, mostram-lhe seus atributos, talentos e o convencem do quão especial são e o quanto vocês o complementam perfeitamente, ok?

– O show é tão real que fui até sequestrada por dois homens grandes portando duas armas grandes.

– Dois homens grandes que são gêmeos, caso não tenha notado, e você deve ter notado também que eles são brancos.

– Bem menos ameaçadores assim, certo?

– Certo.

– E se eu não quiser fazer parte desse circo?

– Não é uma questão de querer, Corvo.

– Vão atirar em mim se eu recusar, imagino.

– Você não é o tipo de garota que recusa ou cria caso, já sabíamos disso antes de escolher você.

– Não, não sou; Mas vocês não devem esperar nenhum esforço meu, ou empatia, ou ânimo.

– Assim como você não pode esperar vencer sendo assim.

– Não quero vencer.

– Bem, você deve imaginar que as duas garotas que perdem a competição, morrem.

– Morrem?

– Sim, morrem. A competição acontece sob a maravilhosa paisagem do terraço de um edifício e as duas garotas que perdem são empurradas lá de cima.

Estranhamente, não era a morte chamando. Era a vida.

"A vida não consiste em construção, mas em destruição".

Bem logo, Corvo foi apresentada a suas oponentes e para o palco. Lá em cima, no arejado topo dos dezessete andares, Bob um e Bob dois emergiram a trazendo. Lá havia duas garotas esperando, em poltronas comuns, de material sintético. Havia também uma poltrona vazia, mais suntuosa, provavelmente reservada para o garoto. Não pôde acreditar quando se deparou:

– Não posso acreditar que é você! ; Berrou o velho histórico de perseguição de Corvo.

– E nem eu posso acreditar que é você.

– Carmilla de Carmen!

– Carmilla de Carmen... (Nem posso saber que pontuação usar)

– Sim, Carmilla de Carmen... Corvo? Você jogava voleibol no time das chinesas, não?

– Não eram chinesas, eram japonesas.

– ...

– E você jogava no time das negras, não?

– Não éramos negras, éramos morenas.

– ...

Corvo e Carmilla eram adversárias no voleibol no colégio, eram sim. Carmilla de Carmen lembrava bem de longe uma cantora americana de R&B. Bem de longe, além de brasileira Carmilla é feia, mas. Ainda escova os cabelos, ainda os monta no estilo da cantora de R&B Beyonce. Carmilla tem o corpo da tal cantora, talvez, mas. Ainda uma cara bem feia se considerarmos que a original cantora americana de R&B já tinha uma cara um tanto feia. Corvo bem se lembra. Carmilla é também o nome de uma vampira de um velho conto gótico de Joseph Sheridan Le Fanu e Corvo e as garotas puxadinhas costumavam chamá-la de 'Demonia'. Demoníaco de fato, era como Carmilla destruía qualquer jogo com seus perfeitos ataques... Como demoníaca era a forma como ela festejava durante os jogos e após. Ela tinha um senso de humor muito intenso, humor negro americano até e a cada sorriso a cada ataque, a cada vitória, Corvo sentia-se mais triste, mais indefesa e mais derrotada!

– E então, como veio parar aqui em cima?

– Pergunto-lhe o mesmo, cara Corvo. Esses maníacos estudaram nosso passado ou algo assim?

– Você ainda parece tão feliz

– E por que eu não deveria estar feliz? Carmilla disse com o cármico sorriso de quarenta dentes e já rugas de expressão devido a seus extremos sorrisos, mesmo aos vinte e cinco de idade.

'E-p-o-r-q-u-e-e-u-n-ã-o-d-e-v-e-r-i-a-e-s-t-a-r-f-e-l-i-z...?", Ela parecia dizer tão cheia, completa de si. Tão fechada de certeza, gesticulando como se tivesse um vibrador em uma mão e uma escova de cabelos na outra, como o perfeito exemplo de feminilidade e ousadia até mesmo. Essa era Carmilla, parecia ter sido criada com um cachimbo da paz em uma mão e um crucifixo na outra, exatamente o oposto de Corvo, que não fora criada nem por mãe cherokee nem por pai católico. Corvo foi criada com nada em uma mão e nada na outra.

Corvo estava um pouco receosa de conversar sobre a parte da morte do show.

– Sim, por que você não deveria estar feliz? Corvo disse virando os olhos como "Ok, farte-se com suas colheradas de felicidade e deixe-me aqui com o meu fracasso".

– E a outra garota? Você a conhece? Corvo perguntou.

– ...

Carmilla seguiu o chão com os olhos até a tal garota e apenas levantou os olhos e as sobrancelhas, sem levantar a cabeça, à subestima.

Sozinha, em uma cadeira de madeira, dez metros dali, Cracolene, a outra garota apenas espiava, esperava.

Antes de ver a master tape com a audição de Cracolene, apenas observe sua imagem parada antes de dizer qualquer coisa:

O nome a depõe (O nome que o pai pretendia era 'Craco Lanny', porém devido a um erro de comunicação, sua mãe acabou registrando a filha como 'Cracolene', devido também a claro, seus escassos conhecimentos em língua inglesa e até mesmo em atualidades). Uma das garotas deve de ser a mais feia. O nome já garante um mau começo; Ele vem do levante do crack, é claro, a moda do crack, nomeie como queira, aquela vez em que muitos dos que fumavam maconha migraram para o crack. Quando muitas das pessoas entenderam e aceitaram que o crack é ok. Crack talvez não seja ok. Nesse exato momento, digo, o crack é ok. Há tanto tempo que nem mesmo mais precisamos dizer que o crack é ok. Assim como não precisamos mais dizer que a escravidão não é ok. Cracolene nasceu em uma época em que, assim como nos anos setenta do passado século, era legal alguém chamar Mary Jane, mas.

Ela teve e tem um bônus o qual sua face é geneticamente, genuinamente mais escura na metade esquerda. Ela é morena, mas essa grande mancha a aproxima de ser negra. A mancha não é lá tão berrante, é até lá aceitável, mas é ainda bem notável e suficiente para que nós possamos diabolicamente associar o uso de drogas com a mancha, se pensarmos no nome, mas.

Ela é saudável; Ela é apenas mais escura do lado esquerdo da face. Alguém ok não promoveria um conflito com se. Ninguém começaria um conflito ou confronto com alguém que tenha duas cores no rosto ou um nome como tal, ou ambas as situações.

Esses são os parágrafos que Cracolene antes de tudo, tenta carregar consigo há muitos anos.

Ela então deu a naturalmente transformar a face até que ela parecesse com alguém pronto a começar um conflito e também com alguém que potencialmente o perca.

Assista agora a master tape com a audição de Cracolene:

– Eu tinha um ex-namorado que era um viciado em crack.

– Não, eu também não sou gay.

– Minha mãe me convidou a me retirar de sua casa por causa do meu ex-namorado viciado.

– Ela me expeliu de lá como um caminhão expele um tiro de fumaça preta.

– Mamãe nunca entendeu completamente por que sou anti gay.

– Estudei e tenho estudado por anos a fio. Fui reprovada e reprovada por entre os anos em que consegui passar.

– Fui tantas vezes recusada e recusada quando ia pedir por emprego. Recusada por parecer doente.

– Fui recusada e recusada até que encontrei empregos onde trabalhei e trabalhei para então ser queimada, expelida como caminhões expelem tiros de fumaça preta.

– Vivi por subúrbios e subúrbios sendo sobretaxada e sobretaxada e tendo não muitos benefícios em comparação ao tempo, ou quase benefício algum.

– Minha mãe sempre me cobrou, sempre me sobretaxou.

– Tentei e tentei ter um lugar para chamar de casa até que finalmente consegui alugar um quarto em um edifício já em processo iniciado de putrefação, onde o quarto já parece podre, onde as paredes e as janelas apodrecem. Dizem que o prédio vai cair.

– Eu não gosto de escovar os dentes em um tanque de lavar roupas.

– Não gosto mesmo.

Todas essas frases, elas são risíveis para qualquer que não seja Cracolene. Foram risíveis no backstage.

Corvo, Carmilla e Cracolene foram então ao Shopping Center comprar roupas novas para si e presentes para o garoto.

Bob um e Bob dois foram para ajudar levantar meias e descer meias.

O grupo devia obrigatoriamente escolher um mesmo restaurante para o almoço, é claro.

– Comida por quilo é melhor, acho. Para garantir pequenas quantidades e grande variação. Disse Carmilla como se com coisas nas mãos.

– Eu comeria um presunto inteiro, não me importaria; pois não entendo a ditadura da saúde. Então, preciso comer todas as cores de comida? Cada grau de comida áspera e de elasticidade, cada variação de porção de água presente em cada comida. Nunca me senti pior por não ou por não comer, até. Você ainda pode ser acusada de parecer doente, Carmilla, mesmo comendo tudo o que você come. Disse Corvo amarrando os sapatos.

– Eu gosto do McDonald's. Cracolene disse só para não perder a chance de ser de novo julgada.

Elas todas acabaram comendo no 'Amazon fast food', acabaram comendo wraps de carne humana moída e molho barbecue.

"Após vários anos e mais especialmente os recentes, eu tenho percebido que o mundo é menor que eu".

Cracolene sentiu-se uma anta.

Carmilla de Carmen é o mais próximo exemplo da abstenção.

Bobs, como seguranças de luxo, acompanharam as garotas durante a gravação da compra das roupas para o show. Corvo é tão estranha a câmeras que nem mesmo consegue ver a si nas lentes, como essas nem mesmo podem vê-la também, de modo que ambas são oposições plenas ou ambas tem o mesmo problema de reflexo, o mesmo dos vampiros.

É melhor ignorar as lentes por elas serem redondas e pequenas assim como o planeta que não para de diminuir?

Como é o garoto? Como se parece? Que idade? Qual cor? Qual o peso? Qual o tamanho? Como comprar roupas para um par de danças com tantas interrogações? Era melhor então vestir-se como se fossem dançar consigo mesmo. Talvez garoto goste talvez garoto goste não.

Vendedores de roupas não conseguem parar de sorrir porque também, não conseguem parar de ganhar dinheiro por percentuais de comissão. Sorrisos e cifras estão cronicamente relacionados, eternamente. Sorriso este que não é tão difícil quanto o sorriso da miss estado, da miss nação ou da miss mundo, pois mesmo com a constância, elas não têm o tendão da porcentagem, elas não são tão falsas, tão artificiais quanto os vendedores.

Cracolene tem pés grandes e parece ter dois pés esquerdos. Ela é que mais tem ressentimentos pelo mercado de vendas. Tentando um sapato vermelho, ela deixou-se filmar argumentando sobre:

– Não. Nunca consegui vender nada. Primeiro porque sou feia. Não apenas feia, mas feia e de má aparência. De ameaçadora aparência. E por ser anti gay, é claro. É preciso ser gay, bela, ter bom discurso, ter bom histórico de felicidade e isso tende a marcar a face ao passar dos anos. Se você é feliz, você continua sendo feliz a indução, mais e mais felicidade e o oposto acontece quando se é triste. Quando se é antagonizada, intimidada. Então por ter os indispensáveis requisitos, os vendedores não precisam estudar, e ganham muito mais dinheiro do que pessoas que passaram vários anos na universidade, que pessoas bilíngues no mínimo. Nós, pessoas feias, com faces ruins, históricos ruins ou convicções pessoais (Ruins ao ponto de vista), estamos fadados a trabalhar para os vendedores como mordomos, como garçons, fazer o sujo, o estressante, ficamos lá todos os dias, horas e horas presos em um escritório governados por um relógio digital, para continuarmos feios. E pior: pobres.

Corvo tem olhos azuis e é bonita como um esquilo, mas nunca pôde também vender nada, pelo menos nada que ela mesma não compraria. Por isso, ela jamais venderia o mundo também.

Carmilla de Carmen logo opôs a Cracolene, começou a julgá-la e a falar.

– Vendedores também precisam estudar. Também precisam de uma pós-graduação na universidade de São Paulo. Também precisam passar meses trabalhando em um lugar como Tijuana. Como você pode mal julgá-los só por ter de passar oito horas em um escritório ou por não ser bonita? Já lhe ocorreu que trabalhar o carisma também é um trabalho?

– ...

Cracolene deve ter parte da face escurecida também por nunca conseguir responder a uma afronta. Ela tem o defeito de conter-se. Ou justificar o fracasso com sua pobreza e feiura. Cracolene seca as mãos com bastante papel, nunca com ar quente.

Em frente ao grande espelho do banheiro feminino, as garotas se recuperam do almoço rapidamente. Carmilla remonta seu cabelo falso que sempre deve ser escovado e escovado; é e sempre se mantém volumoso como o bolo de cabelo de Amy Winehouse, mas na cabeça de Beyonce.

"Elas não sabem..." Corvo especula. "Claro que não sabem, uma garota como essa nunca se escovaria tanto para explodir com a gravidade, para passar aos pedaços".

Corvo observava o espelho sem encorajamento, relembrando a frase da destruição:

"Essas garotas alguma vez pensaram no que gostariam de vestir ao serem atiradas de um prédio? Ao serem destroçadas?"

Corvo visualizou um passo a frente, não pensava no garoto, começava a ver todas as peças de roupas que as garotas experimentavam, ensopadas de sangue.

Os objetos: Após comprar roupas novas e já parecerem mais belas para o garoto, as garotas comprariam objetos, presentes para impressionar e bajular. Corvo foi a primeira a descolar-se da atividade, ao menos no sentido figurado, a primeira a sentir-se confusa, de fato bem confusa desde o começo do episódio do show.

– Deixei de comprar objetos há anos. Parei de acumular, pois apenas aceitei que o fazer é desperdício de energia, desperdício de vida em coisas mortas como os objetos. Tenho ao menos tentado dar dinheiro, mesmo não sendo sempre muito dinheiro, em sentir coisas. Mesmo sabendo que alguns objetos proporcionam sentimentos, como livros ou músicas de um disco de vinil, eu ainda sei que posso ter tudo na internet, não preciso pagar e acumular. Só tenho dois copos, que são canecas. Só tenho dois pratos. Dois garfos, duas facas e colheres tanto quanto apenas por segurança quando fico cansada demais para lavar os talheres para comer. Eu ainda passo algum tempo ás vezes, olhando para o meu tigre de prata e sinto-me triste por. Sinto-me estúpida guardando-o mesmo sabendo que é um presente da minha avó. Ela se foi e esse objeto ao fato, nunca esteve aqui, nunca marcou presença, nunca existiu. Até mesmo a internet fada-se ao fim se você duvida. Se você acha que a internet é mais forte que os dinossauros, você está errado.

– Posso dar meu tigre de prata para o garoto?

– Não, você deve comprar algo. Madeline deixou bem claro.

– Comprar, comprar, comprar...

– Comprar, comprar, comprar.

As garotas foram gentilmente induzidas a evitarem objetos asiáticos, para manter o mínimo padrão de qualidade e o mínimo de bom gosto. O mundo ocidental ainda está acidentalmente paralelo ao leste da Ásia? Alguns dizem sim, outros dizem não. Oficialmente não sabemos e nossa consciência não sabe, se você quer um parâmetro mais autêntico. Não sabemos se pararam de matar pessoas de trabalho em campos remotos, nem mesmo sabemos se há mesmo tantas pessoas nascendo e morrendo por lá a medida que o mundo apenas desistiu de contar, de tentar controlar, cuidar. Tudo o que está ao alcance é parar de comprar produtos do leste da Ásia e assim ainda só teremos a dúvida se estamos matando-os de trabalhar ou de fome. É uma questão indigesta. Então as garotas compraram produtos americanos, alta qualidade que, secretamente, tem uma possibilidade assustadora de terem sido fabricados por escravos no leste da Ásia.

Livros foram evitados. Estudos mostram que o recebimento de livros são ocasiões que menos inspiram a ereção.

Corvo então comprou uma joia em formado de ferradura de acordo com o tamanho brasileiro 44 para o pé de um homem, banhada em ouro; ou pintada de ouro; Um pequeno atrevimento adolescente que pintou de sua memória, quando adolescente. De fato, não era provocação ou atrevimento; ela estava triste, precisava dar uma demonstração de bom gosto, acima do trivial bom gosto se pudesse, dando ouro, pedindo e sugerindo tamanho, pedindo instinto, pedindo força; Demonstração essa pintada de sua memória de muito tempo atrás, quando ela ainda mantinha regular interesse por garotos, antes de sentir-se constantemente de estômago cheio, desapontada eterna e suficientemente mas. (Vamos guardar isso para uma conversa só entre garotas).

Carmilla comprou uma chuteira, Cracolene comprou desodorante para os pés, tentando seguir o bom gosto de Corvo em linha. Todas, não tiveram restrição de valores para os presentes comprados, mas. O dinheiro não poderia pintar de pincel a personalidade das garotas que não eram Corvo.

Uma chuteira soaria ácida para um garoto do tipo modelo de catálogo ou passarela, tipos que dificilmente jogam bem futebol, onde brancos e negros ainda jogam juntos, e onde os garotos negros nunca perdem uma oportunidade como uma partida de futebol para machucar garotos brancos.

Carmilla mesmo joga futebol, tão bem quanto poucas garotas e assim, dando uma chuteira, associando com sua habilidade no uso, ela impressionaria o garoto, teoricamente. Logo, ela poderia ensinar o garoto a jogar futebol melhor, não sem antes demonstrar que pode jogar bem melhor do que ele, é claro. Lembram-se do 'Girl power'?

Quanto mais o garoto é belo, mais a possibilidade de ter pés fedidos, diz uma difundida sabedoria popular. Assim como podem ter bocas e axilas mais fedidas, mas a escolha de presente de Cracolene fede, fede bastante.

As garotas todas adentraram o carro preto longo. A parte de trás tem espaço para seis, três de frente para três. Limusine ou do tipo. Oficialmente, foi o último passeio de carro para duas das garotas.

Corvo ignorou o motorista, o porteiro, o faxineiro, combatendo o crônico complexo de inferioridade nos olhos desses homens com uma frase cronicamente superior ao fato: "Não sou melhor que você, apenas não gosto de você". Sírios jamais fugiriam para um lugar como o nosso, eles nunca fugiriam para um país assim. Nosso lugar não é um bom lugar. Nossa casa não é uma casa e continua no caminho contrário de se tornar.

O elevador trazendo corvo para cima, não era apenas simbólico. Essa máquina pode levantar tanto peso, quilo, grama que não podemos calcular quanto peso bruto e líquido as garotas tinham, cada uma. Não dava para comparar com o peso que o elevador podia levantar. Isso traz uma fresca sensação de quão relativa a gravidade pode ser.

Depositaram os presentes no décimo sexto andar, com uma garota do backstage.

Quando as garotas chegaram de volta ao topo do prédio, uma plateia lotada em cadeiras, postas em formato de arena, as recebeu com palmas. Já estavam ao vivo ao descer do elevador. Havia até um helicóptero.

– Sou Nephasta Black, não duvide disso (Reproduzindo a velha frase de Bob Marley no rádio, próximo de sua morte). E agora vamos começar mais um 'Pegue o pombo'! (Esse é o nome do show). Nephasta é uma famosa namorada de um jogador de futebol, que tende a não ser mais famoso em muito breve. Ela tem dentes falsos, cabelos falsos, unhas falsas, olhos falsos, boca falsa, pele clareada com produtos tailandeses, cabelo clareado, mas ainda quer ser chamada de 'Black', ainda quer ter essa palavra no nome, para que as pessoas jamais desconfiem o quanto ela odeia ser negra.

Cada competidora tomou sua poltrona. Fofinhas, cinco metros de distância uma da outra.

Bem logo, Nephasta abriu as cortinas que escondiam o garoto: Jon de Long.

"Ele é gay – e se for hetero, me odeia"

Corvo...

Donald, um garoto na plateia, é o primeiro a ser ouvido por Nephasta. Ele vestia roupas de marinheiro, era bastante branco e tinha cabelos louros muito bem penteados.

– Eu gosto quando o garoto percebe que a garota está mentindo, gosto muito. Não mais dos momentos em que as garotas são atiradas do prédio. É muito realístico, muito intenso, é o que se espera de um Reality.

– Você gosta de ver o corpo explodindo lá embaixo? Gosta de acompanhar o sangue jorrando e os ossos e a carne espalhados? Pergunta Nephasta.

– Não, eu sou muito sensível. Não gosto dessa parte.

Nephasta, Donald, todo o resto, acompanhavam o processo que culminaria em explosões de corpos como acompanham bolos assando.

Logo Corvo percebeu que as garotas sabiam, é claro. Elas sabiam as regras do jogo, mas não se importavam, porque eram genuinamente mulheres, seres esses que sempre acreditam em si ao invés de qualquer outra mulher não importa quem, não importa como e quando. Essa fé fazia as outras garotas tão fortes ao ponto de ignorar completamente a ameaça de morte.

Corvo era um eterno paralelo. Ela não tinha corpo, ou alma, ou presença na terra, por que teria uma vagina? Ela só tinha ao invés, mais uma questão fuga.

Jon de Long: Sentado em uma poltrona tão fofa quanto. Só um pouco maior. Azul ao invés de vermelha. Usava uma coroa. Uma coroa de ouro. Talvez só banhada em ouro. Ou pintada de ouro. Talvez ouro puro. Seminu. Boxer shorts pretos e botas grandes. Branco. Caucasiano. Nariz suíço. Feições de criança mimada e mal criada – mimada, mas bastante crescida. Cabelos quase cobrindo os olhos. Cabelo bagunçado por aquele tipo de garoto belíssimo que se cansa fácil com o próprio excesso de beleza. Ele pensa que bagunçar os cabelos diminui um pouco a beleza, mas não funciona. Ele só consegue ficar ainda mais lindo. Seminu, mas – parecia vestir uma bermuda esportiva longa e branca com algo desnaturado escrito como 'Trust no one'. Criança mimada de família mimada, mimada família rica. Jon de Long não precisa de um Reality show para pegar uma garota, qualquer garota, aliás. Jon só precisa do show para vestir uma coroa na cabeça, para sentar na poltrona azul. Ao vivo. Jon pouco se importa se as concorrentes podem ser meio escuras, meio pobres (Secretamente, importa-se sim), mas ele acredita que pode até ter uma data com uma garota escura e pobre por causa do fluxo, entende? Ou por causa da 'Cultura da extrema felicidade' a que mimava. Ele nunca fora atingido, então não tinha por que bater de volta, ou combater ninguém. Por isso podia 'Aceitar'. A cultura citada, uma

'Subcultura'. Jon involuntariamente, porém, daria a sua garota escura e pobre, a mesma comida que dá ao cachorro. Jon de Long.

Take Um:

– Meu nome é Jon, Jon de Long (Jon logo faz um gesto gangsta, mostra três dedos, esconde dois, e derrama a mão na direção da mandíbula, parecendo bruxaria). Tenho quatorze anos, eu gosto de skate, eu gosto de Snow board, eu gosto de esquiar durante o verão do Brasil, eu gosto de surfar durante o inverno do Brasil, eu gosto de garotas descoladas, eu gosto de caramelo, eu gosto de skate e eu gosto de esquiar durante o verão do Brasil e eu gosto de surfar durante o inverno no Brasil, saca? Hawaii, saca? África do Sul, saca? Austrália, saca? Mas Jon sequer tomara nota de que a África do Sul e a Austrália têm verões no mesmo período que o Brasil. Mas... Jon esteve já em lugares tão diferentes do mundo, viajou já tanto de modo que nunca percebe em que estação está. E não tem culpa.

Palmas.

É o que as pessoas gostam.

É o que as pessoas querem.

Extrema beleza.

Extrema felicidade.

Extrema riqueza.

Extrema brancura.

Extrema juventude ou;

Tudo o que as pessoas não têm, aliás.

Havia um instantâneo paralelo em Corvo enquanto assistia. Paralelo esse do mundo à concentração imediata em dissecar o garoto: Uma parte dela recorda o passado de ódio dos garotos que a deram comida de cachorro e a outra parte é agora, a parte que já se resolve livre, e a parte do garoto em outro plano. Então pôde sentir os pés um pouco mais leves, mas. Leve, rapidamente mais leve do que a velocidade de que eles ficavam mais leves dias atrás. Corvo pela primeira vez sorriu em sua poltrona no show e já podia imaginar também o desfecho.

Os takes, as video tapes das apresentações das garotas já estavam gravados. O outtake de Corvo com sua visão pessoal do show e das pessoas nele, seria cortado se pego por alguma máquina de pensamentos, uma máquina para maus pensamentos. Ou algo.

"Eu vejo a garota um. Eu vejo a garota dois. Eu vejo Bob um e eu vejo Bob dois, mas eu declino em considerar, tomar nota de tanta estupidez, tanta mediocridade de todos os seres humanos que estão presentes aqui na biosfera. Percebi que de fato não importa o que se quer e o que se pensa, o que se é quando seus pés não conseguem mais sentir a biosfera. E os meus já não. Talvez seja o melhor final para mim, uma garota com duas tentativas de suicídio no cartel sendo jogava do topo de um prédio sem direito a escolha ou a defesa. Parece feito para mim. Sei que todos podem pensar ou deduzem que eu só queria atenção ao. E agora finalmente terei, mas. Eu me recuso a ter esse final constrangedor, não por importar-me com a audiência, a platéia ou quem quer que, mas por verdadeiramente acreditar que algo diferente, algo especial está por acontecer".

"Eu vejo câmeras, horizontes, garotos, médicos e ambulâncias aqui em cima, mas eu não julgo o próximo, não julgo ninguém, apenas ignoro".

Garotas relembram o fascismo> Carmilla o relembra quando um garoto como Jon, um similar assim como uma pílula com substâncias idênticas, a beijou ao modo francês na presença de uma audiência de dezenas na arquibancada da quadra de voleibol. O garoto era branco, mas tinha algo, um detalhe que não era nada europeu: Ele tinha uma bunda imensa. Lá, no remoto subúrbio, ao decorrer de várias décadas, as pessoas começaram a desgraçar as raças. Negros, pardos, indígenas, caucasianos, amarelos, eles não sabiam e não sabem o significado da preservação das raças, começaram desde muito atrás, a ferrar a questão toda completamente. Tanto isso no caso de Yuri, como 'Yuri Gagarin', que beijou Carmilla ao modo francês na frente de grande audiência na arquibancada da quadra de voleibol, tinha ele um tremendo rabo africano; por carregar tal rabo por aí, Yuri cansava-se pelo esforço. Sua bunda pesava tanto que Yuri lia menos, estudava menos, trabalhava menos e tendia a viver menos. Yuri tem tantas histórias diferentes no sangue que acabou por ter nenhuma original para contar. Histórias = raças. Nenhuma história original, heroica, até ter sensações iguais a muitas pessoas suburbanas, sensações de inexistência. Mesmo assim, Yuri tinha pele branca e cabelos louros, o que o fez sentir-se extremamente generoso ao beijar Carmilla, mas jamais a assumiria, a admitiria, a apresentaria ao público como sua oficial. Yuri por um momento pensou na preservação das raças, ou das cútis, pensava em casar-se com uma garota loura, rica se possível. Beijou Carmilla ao modo francês por experiência, por aventura e acabou por casar-se com uma mulher gorda dez anos mais velha, uma mulher branca e pobre que estrategicamente deu-lhe um filho. Carmilla soube de tudo.

Explicando melhor a questão, Carmilla não é um exemplo europeu de introversão ou depressão, ela é um exemplo africano de tolice e perseverança e ela nunca acredita que dessa vez será pior. Ela não tem sensações de que será tratada como cão também por Jon de Long, que é 'O' garoto. Ela crê com o coração que existe uma possibilidade de redenção por causa da coisa do 'Girl power', que perdura, e a coisa do 'Black power' também, e que historicamente não significa poder nenhum.

Sobe o piano
Desce a escova de cabelo.

Garotas relembram o fascismo> Cracolene, certa vez esteve mais uma vez envolvida em uma união heterossexual, o mesmo desorgulho de sempre. Ela seria de novo julgada e crucificada se vencesse, seria de novo crucificada e a vergonha antes mesmo de ser atirada do prédio. Cracolene relembra seu ex-namorado viciado em crack. Lembra-se de quando o sustentava mesmo com intensa dificuldade em uma favela vertical. Lembra-se das três facadas que levou dele. Lembra-se também dos amigos próximos dele, brancos, belos, gays, aqueles que pensavam que Quincas (Esse era seu nome), era um idiota por ser heterossexual, pobre e viciado. Aqueles belos gays faziam chacota de Quincas, principalmente porque ele era o primeiro a fazer chacota de si mesmo. Quincas, porém tinha vergonha de Cracolene, tentava sempre escondê-la desses amigos, e de sua família. Quincas tinha era vergonha de si mesmo, mas nunca podia enxergar. Quincas tinha uma mãe africana que detestava trabalhar, que era burra como uma porta, mas ainda assim julgava o filho por ter uma namorada como Cracolene. Seria bom, charmoso se Quincas tivesse um noivado gay moderno com um garoto gay branco do naipe de seus amigos próximos que o ridicularizavam. Seu pai é um anão que falhou na carreira do crime e agora tenta sustentar sua família em uma casa alugada em ruínas situada em uma área rural. Quincas golpeou Cracolene três vezes com uma faca e ainda por cima a acusa de ser a pessoa mais negativa que já conheceu, por ser hetero, por ter uma mancha no rosto e por mostrar sofrimento na expressão facial cronicamente, involuntariamente.

Cracolene tem um péssimo histórico de ser oprimida por pessoas já oprimidas.

Garotas relembram o fascismo> "Eu não consigo processar, entender essa invasão, esse álcool, esse *poppers*, esses pênis; nunca estive na Alemanha e aqueles garotos sim, e de lá é conhecido o *poppers* que fiquei tímida em tentar, não sabia como. Lembro quando subimos o elevador para a orgia, aquela toda heterogenia, aquela massa disforme. Quando saímos do carro, acho que os vizinhos sabiam que seguíamos para uma orgia. As outras mulheres permaneceram na orgia enquanto eu voltei à sala de estar para observar as fotografias do túnel do tempo por um tempo. Lembro que fui a primeira a testar o sexo anal com o garoto que tinha o pênis maior e mais espesso, então refuguei para os demais pênis, pois os demais me davam uma estranha sensação de constante expelimento quando eu os tentava, os que eram menores e menos espessos. Tentei uma dupla penetração, mas senti um mau cheiro. Uma garota loura acabou por conquistar a atenção de todo o staff masculino, talvez por saber escolher melhor a ordem dos pênis que gerenciaria, ou por ser um pouco mais magra que eu. Eu também carregava uma séria otite e tentava curá-la com álcool sem saber que não funcionaria, então estava eu quase surda em um dos ouvidos, ouvido esse que tinha secreção que o álcool não dava conta de neutralizar tão bem o mau cheiro que ela produzia. O staff masculino provê as bebidas mais caras e mais pesadas para as melhores garotas e então me deram as mais leves e as mais baratas. Outras mulheres permaneceram na orgia e eu voltei para a sala de estar para observar as fotografias do túnel do tempo por um tempo. Essa é uma pequena história de quando eu ainda tentava me importar com homens e com pessoas de uma forma geral".

Após os comerciais, as garotas dariam os presentes a Jon. Antes do intervalo, as garotas dialogavam:

Corvo: Homens, ou suportar homens, é uma questão de peso, o pênis pesa tão pouco se compararmos ao peso do resto do corpo. Ou bem, você deve então suportar o peso inteiro do homem só por causa do pênis.

Cracolene: Dizem que o pênis só tem peso se estiver fora do corpo.

Carmilla escova os cabelos só mais uma vez, já acostumada as tendências depressivas de Corvo e de seus comentários tendenciosos.

Corvo: Quando eu era bem jovem, os homens olhavam para todas as partes possíveis, menos para os meus olhos; partes essas, não as minhas partes, mas as partes do restante da paisagem do mundo. Eles disseram até que aprendi a fazer o mesmo com eles.

Ao entrar no ar, Nephasta apresentou rapidamente as garotas, novamente, perguntou ao vivo para Corvo:

– Como foram as suas duas tentativas de suicídio?

– É possível resumir que foram dois fracassos. Você está me vendo viva, não está?

Corvo, com a sabedoria de uma ave preta apenas golpeou de volta, uma ave preta que solta uma pena contaminada sobre qualquer afronta.

A audiência enxerga em Corvo o potencial em ser a primeira a ser jogada do edifício. Cracolene e Carmilla, naturalmente se juntaram contra Corvo para fazer maioria, para naturalmente salvar-se. Naturalmente, um garoto como Jon jamais sairia com uma suicida.

Corvo sentiu um sopro no estômago, mas bem em seguida, um micro orgasmo no cérebro.

Carmilla seguiu escovando. Cracolene pôde respirar um pouco melhor, mas só até elas serem também reapresentadas:

– Cracolene, conte-nos sobre o dia em que seu ex-namorado lhe perfurou três vezes com uma faca, ou conte-nos o que aconteceu com o seu trigésimo segundo dente.

– ...

Risos na audiência.

Cracolene não, não riu.

E então a última reapresentação>

– Carmilla, você finalmente descobriu quem é o pai do seu filho de cinco anos de idade?

Carmilla sorriu antes que a audiência o fizesse.

Jon sorriu também.

Carmilla ao mesmo tempo em que sentiu bolhas de febre nas pálpebras ao sorrir.

Jon não sentiu nada.

Corvo é a primeira a entregar o presente.

– Eu não podia dar isso a nenhum cavalo e a nenhum homem, por isso estou dando a você.

Corvo não demonstrou ou teve qualquer diminuição do fôlego, da frequência, durante o gesto de entregar o objeto, apenas levantou-se e lhe entregou as ferraduras de ouro como se entrega um telegrama.

Jon, que é um adolescente rico intelectualmente limitado, mesmo assim conseguiu compreender o gesto de Corvo, que estrategicamente o chamava de másculo e valioso.

Jon deixou os presentes das outras garotas como um cachorro deixa de lado um prato de arroz ante um bife.

A audiência possuía relógios de pulso que mostrava os batimentos cardíacos das três concorrentes. Corvo era a mais calma e é claro, aquela era uma vantagem.

Corvo logo emergiu como a garota estranha, exótica e "Especial". A garota que costuma triunfar de forma pouco estranha, exótica ou especial em séries de TV americanas.

Porém, aqui não é a America, aqui é o Zimbabwe ocidental, sabemos disso e Corvo não tinha tantas fichas assim como deveria, ou merecia.

Após novo intervalo, Jon elegeria a primeira eliminada.

"Lembro-me das minhas entrevistas de emprego. Essa ocasião parece uma. Se você é recusada, precisa continuar tentando e tentando, precisa voltar a ouvir que é quadrada, que é verde, que é estranha. Aqui não, se não é aceita, morre de uma vez. Isso me dá conforto".

As outras garotas apenas vislumbravam a contratação, mas não consideravam casar seus atributos a ela.

Bob um devora uma banana. Bob dois joga a casa no lixo.

Nephasta: Agora é a hora da verdade. Não que todo o resto era mentira. Digo que agora a verdade será decisiva para uma dessas garotas (Closes nas faces das garotas, closes de cinco segundos cada, dois serenos olhos, quatro preocupados olhos, quatro globos oculares menos redondos, dois menos).

Sem lente olho de peixe.

Recordando nossa rápida história, rufar de tambores, uma suicida de duas tentativas, uma criança de cinco anos de pai desconhecido ou três golpes de faca provenientes de um viciado em crack e quem cairá primeiro? Com a palavra, Jon de Long:

– Todas essas garotas são muito legais. E cada uma delas merece estar comigo ou com qualquer cara legal como eu, saca? Yo. Essas garotas são bonitas e bem legais, cara. Yo. Tenho que escolher uma só para levar para casa? Yo, man! [Isso após dois ou três gestuais de gangsta reproduzidos grosseiramente por um garoto branco rico (um revólver feito com o polegar e o indicador sob a mandíbula, 'A pose padrão do gangsta')]. Não posso levar essas três garotas comigo e fazer uma pool party grande na minha casa e passar molho barbecue nas costas delas, yo? Fucking cool, man! A que deve ir para casa agora então é Cracolene.

As últimas palavras da primeira perdedora são sempre menores.

Nenhuma breve historinha relembrada, nenhuma montagem com os 'Melhores momentos' do que se espera da vida, ou: Nenhuma imagem de

Cracolene

na montanha-russa, nenhuma imagem de

Cracolene

recebendo um diploma dentro de um tubo. Um fôlego fundo para as outras garotas, mesmo para Corvo que sabia que algo estava para acontecer, para começar a acontecer e não era já apenas um sentimento ou uma desconfiança.

Cracolene

Dessa vez foi rejeitada pelo garoto perfeito, a melhor rejeição que já teve. Ela jamais seria esfaqueada novamente. Ela finalmente se livraria da mancha no rosto. Finalmente. Cessaria a preocupação sobre o prédio em que morava, se iria desabar; ela é que desabaria por bem! E seria rápido, de golpe certo. Para

Cracolene

A vida está apenas começando, apenas começou.

Todos temem a morte. Geralmente. As pessoas, a maior parte, deve visualizar que as pessoas mais sábias e/ ou mais cultas aceitam pior a morte do que outrem. Pessoas tolas e pobres só pensam na quota do sofrimento. Para uma do tipo tola e pobre como

Cracolene

Morrer é descansar. Jon teme a morte exatamente por nunca sofrer, por perder a 'Lourice', a riqueza, o fato de nunca ter sido diretamente afetado pelo terceiro mundo que o rodeia e suas pessoas asquerosas. A asquerosa vida de

Cracolene

Estava acabando e isso até merecia um show, e ao vivo. Então ela relaxou, apenas. Ser aceita por Jon e ter de aceitar a si própria após (O que seria bem mais difícil) seria bastante estressante, era então melhor passar adiante, morrer naquele momento.

Cracolene

Não tinha, nunca teve esse objetivo, o do triunfo, refletido exatamente como mostrado nessa ocasião, nesse show, mas o reflexo sim estava com ela, e era o que importava.

Bob um e Bob dois a ergueram como se ergue um caixão, mas com uma frescura, com uma inocência, com uma banalidade como se levassem uma garota de biquíni para arremessar em uma piscina e assim arremessaram

Cracolene

Do topo do prédio. Nesse exato momento, a plateia acotovelava-se por um lugar no parapeito para ver ao vivo o corpo explodindo lá embaixo. Claro que havia um telão no palco para. Mostrando uma competente cobertura que contava com dezessete câmeras de resolução absurdamente alta. No site do show, a audiência podia acessar o vídeo de todos os garotos e garotas que já foram assassinados desde a estreia, e também podiam acessar um gráfico que listava todas as mortes e ranqueava o volume de sangue espirrado no momento em que o corpo explodia no solo, um colosso de entretenimento!

Raios...

Cracolene

Foi colocada direto na posição dezessete no histórico das mais fantásticas explosões de corpos deste Reality show.

Cracolene

Não perdeu a chance de desapontar pela última vez.

Cracolene.

Acenderam-se luzes da: Vaidade e transcendência, respectivamente, para as duas garotas restantes.

"Vocês querem saber se eu impressionei Jon com uma camiseta com o escrito 'I Hate Pussy'? Querem saber se dancei para ele? Com sete véus? Quer saber? Foi exatamente o que não aconteceu."

Quando a vida ainda era baseada em questões, Corvo tinha respostas. Madeline, a diretora do Reality show, tomou Corvo para conversar no backstage, conversaram em cadeiras postas em frente a espelhos ornamentados com lâmpadas coloridas.

– Você tem uma estrela, tem brilho! A audiência se apaixonou por você, por seu rosto, por seus olhos azuis, sua imobilidade (...), você quer vencer, não quer? Quer que finalmente algo de bom aconteça, não? Quer casar com ele, ir embora para a casa dele mesmo sabendo que sua mãe jamais aprovaria, diria que sim, mas jamais de coração. Sua mãe morta também diria não, até mesmo sua mamãe-estepe que nunca sente nada de especial a não ser o fato de que ela mesma tornou-se especial por ter uma religião, ela ainda te julgará com os olhos, ela vai conhecer Jon, mas o terá julgado antes mesmo de conhecê-lo, ouvi-lo, ela vai começar a reparar em rachaduras na casa dele, vai deslizar o dedo nos móveis procurando poeira, vai ficar imaginando você e ele na cama fazendo coisas... Só porque vocês são hetero; Mas eu sei o quanto você está pronta para ignorar tudo isso, não está? Essa é uma nova geração e temos sim a força de ignorar os pais como toda a Metazoa sempre quis, sempre fez. Você está tão pronta para perder e morrer que pode sentir-se ainda mais pronta para esquecer o resto do mundo inteiro fora Jon, incluindo sua mãe, não? Você está pronta até mesmo para esquecer a si mesma e o seu passado de desapontamentos com os homens, eles que nunca olharam dentro dos seus olhos, os olhos azuis que você passou diversos anos sem saber o que fazer com eles e o que mais te irrita, é o quanto eles são lindos e o quanto precisam ser admirados, notados pelo menos.

– Você achou isso no Google?

– Agora você consegue sentir que pode deixar a biosfera e ir para onde Jon está (Um lugar fora da biosfera), a audiência inteira percebeu que ele começou a perceber seus olhos e não percebeu apenas os olhos, como você deve ter percebido.

– Não, não percebi. Corvo diz tentando mentir, tentando esconder que sabia, mas. Ela apenas o fez automaticamente, de acordo com a importância.

– Agora você pode vencer e ir embora com ele, ter uma casa, carro, marido.

– E ódio.

– De bônus.

– Sei disso tudo. Disso e de todo o resto que disse.

– O bloco final está para começar, você precisa de alguma coisa? Quer trocar de roupa?

Corvo trocou roupas já simples por outras também simples.

O bloco inicia e é o bloco em que o garoto conversa com as duas garotas separadamente, em um palco pouco mais 'Privado', duas cadeiras fofas, viradas uma para a outra, onde o garoto toca as mãos da garota e faz questionamentos.

Toca o telefone:

Rocio: Posso falar com a madrasta da Corvo, por favor?

Mamãe-Estepe: Sim, sou a madrasta da Corvo

Rocio: Corvo não apareceu hoje na empresa, não avisou.

Mamãe-Estepe: Não acredito... (Acreditando, acredite)

Rocio: Acredite. Eu gostaria de saber se ela está bem ou se saltou de um prédio novamente. Sabe dona... Aceitamos Corvo de volta porque precisamos do trabalho dela, não por caridade, essa não é uma instituição de caridade, é uma empresa.

Mamãe-Estepe: Meu deus...

Rocio: Por favor, me dê um retorno quando tiver alguma notícia.

Mamãe-Estepe: Notado.

Mamãe-Estepe para Papai-Estepe após o telefonema: Corvo não muda, não tem jeito. O que ela fez dessa vez? Deve estar dormindo pensando que eu e você vamos sustentá-la para sempre. Será que tomou dezenas de pílulas de novo para nos mostrar o quanto está louca? Ela só faz isso para não ter que trabalhar, claro! Estou cansada de ajudar essa menina irresponsável em todas as vezes em que enlouquece, que se cansa, toda vez que tem um novo ataque de imaturidade. Quando ela finalmente poderá tomar conta de si mesma? Tudo o que eu queria é que ela pudesse nos dar um pouco de orgulho depois de tanto o que a ajudamos. Não é o bastante ter de aturar essa orientação sexual anormal? Além de ser retardada ainda tem de ser hetero, claro. Sendo só uma das duas coisas não seria o bastante, não! Se ela tentar se matar de novo e não conseguir mais uma vez, nos obrigará a trazê-la para nossa casa, nos fazendo tolerar seus hábitos de pouca higiene e além de é claro, aceitar que nossa filha é bem pior que nossos sobrinhos e ter de aguentar as nojentas das minhas cunhadas estapearem esse fato na minha cara.

Papai-Estepe: Corvo nunca vai mudar mesmo... Não tem jeito.

Jon: Sei que você usava uma camiseta com o escrito 'I hate pussy' quando você tinha treze anos, a produção me trouxe uma réplica. Pensei que você usaria hoje yo.

Corvo: Usá-la para te impressionar?

Jon: Usá-la porque você gosta. Você não parece uma garota que precisa de uma camiseta para impressionar, mas por que você usava essa camiseta separatista quando você era separatista, man? Conta ae, yo!

Corvo: Bem, eu acredito que o Homo sapiens é a única espécie separatista dentro da Metazoa.

Jon: (...)

Corvo: Usar uma camiseta com essa frase diz que só quero ser notada. E ser odiada é a forma mais fácil de ser notada. Odiar todas as coisas é o jeito mais simples de conseguir ódio de volta, o que nunca acontece com o amor. Na verdade, penso que uma pessoa que usa uma camiseta assim está apenas procurando ser amada exatamente pelo que odeia.

Jon toca suas mãos. Garota e garoto sorriem, puramente até e Corvo sente-se nesse momento da vida tão cansada, que não tinha mais arrependimento, ressentimento ou amargura em relação a Jon, que era supostamente o último exemplo da raça masculina que tocaria suas mãos ou podia ser o primeiro que tocaria suas mãos do jeito que tocou, com tanta sensibilidade, e ela o sentiu como a prova que o universo precisava de que ela não precisava mais daquilo. A maior prova foi sua atitude a, ela não precisava ser rude com o garoto, nem ser rude com todo o resto, ela apenas retribuiu o toque, a sensibilidade e o carinho, pois não sentia mais a necessidade de combate.

Jon: Yo ei garota bonita, você é tão... Linda, você sabia disso? Queria levar você para o centro da cidade e grafitar algumas pessoas no centro da cidade, talvez matar algumas pessoas no centro da cidade, ei garota bonita, você já matou alguém? Yo!

Corvo: Eu nunca tive amigos que me convidaram a perambular pela noite, beber ou matar algumas pessoas por aí. Sempre fui muito tímida.

Jon: Tímida por ser hetero e por não ser rica, não é? Já saquei, garota bonita. Nós, moleques ricos, nós não somos separatistas, saca? (Jon ao dizer as orações desenhava aspas com os dedos, gesto esse que Corvo nunca tinha visto outro ser humano fazer de forma tão amável). Faço parte de um grupo e nós damos força um para o outro, tentamos fazer a mama entender, saca? Tentamos também fazer o papá entender a coisa toda, saca? Yo!

Corvo: Nós não. Pessoas pobres são separatistas até mesmo com os gêmeos. Nós não nos ajudamos. Não confiamos em ninguém e sofremos violência de todos os lados, especialmente quando além de pobre ainda se é hetero, é claro.

Jon: Talvez eu te leve para perambular á noite. Eu tenho o carro do mês. Eu posso te levar para ir matar pessoas no centro da cidade. Yo!

Corvo: Seria amável. (Falsa esperança)

Jon: De onde vieram esses olhos azuis tão lindos?

Corvo: Da minha arrogância, acho. Minha mãe sempre me disse que tenho cara de inglesa mesmo sendo tão portuguesa quanto ela. Ou o quanto ela finge ser, pois tem também ascendências holandesas e africanas que sempre rejeitou.

Jon: Mama nunca me olhou nos olhos como você está fazendo agora.

Corvo: As mamás nunca têm os mesmos olhos quando percebem que você é hetero.

O tempo é muito subjetivo. Corvo teve um singular exemplo enquanto com Jon, ao tocar suas mãos com outro, especial tato, ao que ele lhe falava tão cheio de paz, à medida que ela podia perfeitamente deslocar-se de uma vida inteira de azar com homens, azar com amor. Parece que além da zona de uma galáxia perdida onde o tempo congelou, Corvo tem suas próprias pernas congeladas esperando pelo tiro e apesar disso, pode sim sentir algo se movendo, ou se acabando.

Jon: Acho que nunca senti mãos tão macias, yo! Sei que existem muitas mãos macias por aí, saca? Mas nunca mãos macias assim.

Corvo: Macias e belas como a parte boa de uma maçã podre?

Jon: Sei das suas cirurgias, garota, mas não acho que me importo.

Corvo: Só por não ter ainda visto minha cicatriz?

Jon: Não, acho que só por ter visto a parte macia.

Corvo: Não soa como se por eu ter uma cicatriz bem feia, por eu ter perdido um pedaço da minha pele, todo o resto da pela macia e branca está também contaminada? Assim como acontece com as maçãs?

Jon: Yo! Garota, eu vou te levar á um cirurgião plástico no Marrocos e você nunca mais terá uma cicatriz feia de novo, ok?

Corvo julga...

Corvo começou uma guerra civil.

Jon criou a 'Milícia Marshmallow'.

Agora, eles apertam as mãos.

Corvo já apertou mãos antes.

Corvo jamais, porém, foi levada ao Marrocos.

Jon não se importava com a contaminação de fato, afinal ele sempre foi uma criança porca.

Nephasta: Qual música escolheu para esse momento, Corvo? (Para o quadro da massagem nos ombros).

Corvo: A música 'Get Up' da banda Sleater-Kinney, é claro.

Enquanto o refrão repetia 'They're calling on me', Corvo dava voltas em Jon. Girava a confidência do 'Efeito Marrocos'. As voltas, o cerco bruxo e feminino ao garoto, o prometiam o que se ouvia na música 'Get him up, up'.

Corvo nunca foi ensinada a massagear as costas de um garoto assim como águias não são ensinadas a decepar o próprio bico até o fazer, e fazem bem.

A depravada audiência, a maníaco-afetiva audiência inspirou-se tanto com a massagem de Corvo que começaram a massagear-se também (Cada um a massagear-se individualmente, sempre é bom deixar claro). Logo havia uma grande multidão, uma orgia de pessoas solitárias fazendo carícias em si mesmas.

A música termina com Carrie Brownstein em um solo de vocal 'Ohhhh, get up!'

Estado dos rolos originais das velhas fitas do show de TV 'Oz', do filme 'The Hunger' e do videoclipe da banda Placebo para a canção 'Pure Morning':

Estado de conservação dos negativos originais de imagem;

Os negativos de imagem originais são baseados em dois tipos de emulsão: Uma parte é emulsão colorida e a outra, preto e branco. Ambos possuem suporte de acetato.

A parte colorida do filme apresenta síndrome do vinagre no primeiro estágio de deterioração no suporte de acetato. O filme não apresenta nenhuma alteração visível, mas exala um leve cheiro de vinagre.

A parte em preto e branco do filme apresenta síndrome do vinagre no segundo estágio de deterioração. O cheiro de vinagre é mais intenso; o suporte mostra-se mais amolecido e sem rigidez, acompanhado de abaulamento. É possível perceber uma espécie de craquelê no brilho do suporte quando incide a luz.

Ambos negativos apresentam riscos superficiais no suporte, intermitentes e finos. Os riscos localizam-se nas partes iniciais e finais dos rolos. O negativo apresenta riscos superficiais na emulsão.

O negativo apresenta fungos em grande quantidade sobre a imagem, que provocam interferências visíveis sobre a imagem. Os fungos se localizam principalmente no negativo colorido, nas partes iniciais e finais dos rolos.

Estado de conservação do negativo original de som;

O negativo original de som apresenta síndrome do vinagre no segundo estágio de deterioração. O cheiro de vinagre é intenso; o suporte mostra-se mais amolecido e sem rigidez, acompanhado de abaulamento. O suporte possui várias perfurações rompidas e estaladas e alguns rasgos. Para o negativo original de som foi atribuído um grau técnico 3cx.

Agora, o antagonismo. Corvo (Sentindo-se sempre depressiva por ter excesso de passado) deu a vez a Carmilla (Sentindo-se sempre ansiosa por ter excesso de futuro). Excessos esses, nem sempre se justificavam.

Carmilla: Eu gosto de pegar sol e cor usando molho de churrasco...

Jon: Mas você já é bronzeada, garota. Yo!

Uma informalidade de churrasco invadiu o palco, invadiu a audiência e uma formalidade de carne morta queimando invadiu o tudo em volta, uma névoa condimentada flutuava jogando todos contra a gravidade pelos narizes... Não era coincidência que Corvo já começava a estrelar o final.

Carmilla concluiu seu tempo cronometrado com Jon, o mesmo tempo que teve Corvo, mas todas as coisas triviais ditas por ela jamais mudaria a ideia de Jon, não mudaria o quanto estava fascinado por Corvo, o quanto já a lisonjeava.

Carmilla nunca assim ainda perdia o sorriso e voltou sorrindo para sua poltrona fofa, porque perder um homem é como perder a vida, a importância é muito similar.

Carmilla errou a cortada final, bem. Jogou a bola para fora das quatro linhas e então voltou ao mesmo, voltou a escovar-se infinitamente, nunca deixaria de escovar-se não importando o que ocorre, não importa o passo que der. Ela nos ensina a compensação do sorriso contra qualquer tipo ou intensidade de feiura, pobreza e escuridão e quer saber? Não, não foi o bastante para ela dessa vez. Mais uma vez.

Passemos a bola!

Nasce uma estrela. "Já pensaste alguma vez no quão trivial, quão comum é ser uma estrela? Já percebeste quantas estrelas existem na imensidão do espaço? Há de perceber que as estrelas são parecidas, não? Pelo menos para nós, pelo menos para os nossos olhos que as observam de tão longe, elas parecem iguais. Elas são prateadas e brilham uma luz branca. Elas parecem asteriscos; afinal não há forma mais fácil de desenhar uma estrela do que desenhar um asterisco, pelo menos é fácil fazer assim com estrelas pequenas. Estrelas de cinco pontas, foram criadas apenas para bruxas poderem desenhá-las no chão, saltar dentro delas. Ou para inserir a cara da Madonna dentro delas, talvez".

Uma nova estrela brilha e é Corvo, a mais escura nuvem que já pisou naquele palco. Corvo venceu? Hum, ok... É o que a audiência começa a concluir, talvez apenas com uma sensação de insatisfação pela comida que acabaram de comer, sentiram que este fim era mais um prato bonito do que de fato saboroso. Corvo é um nó nas tripas, mas esse não é o ponto, entende? A inveja da felicidade de qualquer ou glória transforma-se muito rapidamente em ódio e então uma histeria coletiva invadiu a audiência. As furiosas pessoas.

Nephasta: E então quem é a felizarda, Jon?

Jon: As duas garotas são muito, muito legais, muito bla bla bla, saca?

Nephasta: Bla bla bla! – E pingos de saliva.

Jon: Escolho Corvo e acho que essa é a garota mais incrível que já conheci.

Jon: Yo!

Jon: Yo man!!

Audiência: Oh... Odiamos o amor. Como pode se formar um casal tão jovial e nós que assistimos ainda somos solitários e infelizes? Há explicação?

Carmilla manteve o sorriso. O mesmo ao ouvir o anúncio da derrota, não duvide. Quando ela morreu ainda estava sorrindo. Mais cefálicos e mais dentes e mais massa corporal nas grandes coxas, no grande traseiro, mais massa para explodir lá embaixo e uau! Ela despontou direto para o posto número um no gráfico do histórico das explosões mais espetaculares do reality. Ela não podia se retirar sem vencer algo, é claro. E terminou no solo, dezessete andares abaixo com sua incansavelmente escovada peruca, molhada de sangue.

Epílogo

* * *

Donald, na audiência, que tinha um indefectível louro nos cabelos, lindos também, pensou 'Não posso acreditar que um garoto tão perfeito como Jon é hetero. Não é justo com o mundo. E tampouco comigo'.

Não é justo com todo.

Quando Jon pediu para tocar um completo hip hop com os cinco elementos (Google it either) como trilha sonora para o esperado final, o beijo, Nephasta, Madeline, a audiência, começaram a temê-lo, começaram a arrepender-se em produzir este ímpar episódio para pessoas hetero. Bob um e Bob dois também, eles, antes estáticos, tomaram a atitude de se beijar calorosamente ao modo francês como protesto, um intenso beijo de línguas para fora, para mostrar as pessoas boas e decentes que acompanhavam de casa que estavam fazendo algo bom de assistir. Sim, estavam dando um bom exemplo contra essa indecência de beijo hetero que Corvo e Jon estavam prestes a protagonizar.

Desligaram as câmeras.

A audiência invadiu o palco.

Nephasta abriu mão do microfone e Madeline de seus grandes fones de ouvido. Bobs, dos ternos e rádios. Todos se aproximaram do casal vencedor proferindo claras frases de ataque 'Derrubem-na também!' e 'Agora! Derrubem-na também! Matem essa puta!'. Decidiram naturalmente, instintivamente salvar Jon, pensavam eles que ainda havia tempo de fazer de Jon, um bom homem. Jon, em um desesperado ato de um desesperado jovem homem gritou o mais alto que pôde 'Man! Nós só queremos ser felizes aqui, sacou?!'

Raios.

Pancadas de chuva.

Ensaios de furacão.

Percepção de desordens perfeitamente visíveis de satélites naquela área.

Instabilidades sentidas até em áreas vizinhas.

"

Vou contar-lhes o que aconteceu. Bem, eu conheço desde que nasci a frase 'Tudo é possível' mesmo tendo nascido ouvindo outra frase: 'Você está pronta para ser odiada? ' com um tapa na nádega. Quando eu, secretamente, vagarosamente comecei e segui a me separar do mundo, moralmente e o mais socialmente possível, tive a grande ideia de saltar do topo de um prédio como uma forma direta e autêntica de ter uma separação física, mas. Voltei, e esses maníacos produtores de Reality show investigaram toda a minha vida medíocre para então me oferecer como ração para uma medíocre e doente audiência, ofereceram meu histórico suicida, minha fútil história para então rir de mim oferecendo meu assassinato esperando que eu reagisse chorando, resistindo... Pouco antes disso, Mamãe-estepe, Papai-estepe e Volvo (Que tiveram ambos uma chance de redenção a um amável ser como eu) me falaram insistentemente, incansavelmente sobre a terapia de olhar para cima, (Jogar voleibol ao invés de tomar psicotrópicos, por exemplo) – O que, ok, isso nada tem a ver, mas simbolicamente me levou a lutar ainda mais contra a gravidade. Então comecei a derrotá-la, movendo objetos, especificamente. Ocultei essa informação desde o início de acordo não com a natureza mentirosa do ser humano, mas. Mais precisamente da natureza omissa do mesmo. Eu acredito veemente, mas não posso afirmar que tomei tal habilidade devido a um intenso desejo de separação da terra e o mesmo desejo de voar sobre tudo o que as pessoas tentam me ensinar, aquelas que têm os pés no chão, compreende? Com esse estranho poder, eu me deparei a um desejo muito antigo, sonho até, sonho talvez, sonho de finalmente ter um homem, o amor de um homem e ser odiada por todo o resto em paz na companhia dele pelo resto da minha vida, aquela ilusão de 'Um homem para salvar sua vida, apenas até você morrer'. Juntar-me a Jon não me traria de volta a terra e nem me ajudaria a deixá-la em paz. Morrer sendo atirada de um prédio como um macaco ajudaria menos, ainda mais sabendo que eu podia fazer algo contra a doente audiência, o doente círculo, pelo menos uma pequena desordem eu podia provocar. A única forma possível de descontentar a todos naquele momento foi usar o meu poder da seguinte forma: Quando Jon e eu fomos cercados por todos aqueles dentes, por aquelas pessoas, eu abri meus braços e fiz com que todos os presentes começassem a levantar voo, inclusive Jon. Fechei meus olhos por dez segundos e quando os abri, pude vê-los todos flutuando como balões de gás, dentre uma nublada, escura tarde, dentre raios. Eu estava extasiada, ao mínimo que se pode dizer, naquele feto de epitáfio, quando a vida podia ser um tiro de um milhão de anos.

"

F I M

Esse livro é dedicado para toda a Metazoa, que esta dentro dos aproximados dezessete quilômetros de espessura da Biosfera. Esse livro também é dedicado para a faculdade de tecnologia do estado de São Paulo, que me proveu empregos em escritórios corporativos onde o livro foi escrito.

"O Tiro de Um Milhão de Anos" foi escrito no período de Junho de 2012 a Abril de 2014 na cidade de São Paulo, Brasil.

Extra big thanks para: Marcelo Nocelli e Rennan Martens do selo Pasavento da editora Reformatório, Claudio Brites, Proac editais, Alícia Peres, Micheliny Verunshk, Amanda Jéssica Moura, Jorge Ribeiro, Camila Lima, Santiago Nazarian, Marcelino Freire, Adrienne Myrtes, todos do coletivo www.doamsepalavras.com.br.

HUGO GUIMARÃES nasceu em 1985. É poeta, contista, cronista, romancista e ator. Publicou o livro de poemas *Poesia Gay Underground: História e Glória* (Ed. Annablume, 2008) e o livro de contos *O Estranho Mundo de Hugo Guimarães* (Ed. Edith, 2013). *O Tiro de Um Milhão de Anos* é seu primeiro romance. Hugo Guimarães já colaborou para a seção de literatura das revistas *Junior* e *Zunai* entre outros periódicos. Cursa letras pela FFLCH – Faculdade de Filosofia, Letras e Ciências Humanas da USP.

Esta obra foi composta em Adobe Jenson e impressa em papel pólen bold 90 g/m², pela gráfica PSI-7 para a Editora Pasavento durante a primeira semana de setembro de 2015, período em que, segundo as estatísticas, aproximadamente, 1000 pessoas se suicidarão se jogando de prédios pelo mundo.